Esto no es Berlín Ediciones

Diseño de cubierta: Karen Maza-Madrazo

ISBN: 978-84-120000-7-8
Depósito legal: M-24404-2024

Esto no es Berlín es un sello de la
Productora del Nuevo Relato Social.

Calle Cartagena 19, 3º A. 28028. Madrid. España.
Impreso en España. Madrid - Diciembre 2024

Per a la Patrícia,

Esperant que hagi alimentat les teves ganes de llegir.

Amb afecte,

Irene

Maig de 2025

DERRUMBE

IRENE YÚFERA

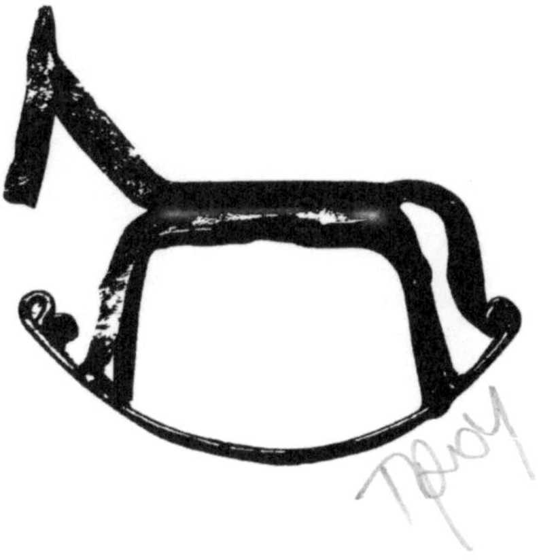

ESTO NO ES BERLÍN
EDICIONES

Para mis hijos

El libro que una imagina y el libro que una escribe son siempre diferentes. Este último existe de manera objetiva: un manuscrito garabateado o tantos miles de ejemplares impresos. Aquel tiene una existencia subjetiva. Es la causa primera del otro, y también su razón de ser. Durante el proceso de escritura, el libro escrito se esfuerza por alcanzar ese otro, como la imagen de la persona que se acerca al espejo. Pero no se funden. Solo en la poesía, que rompe todas las barreras, llegan a encontrarse y se convierten el uno en el otro.

Cuando releo uno de mis libros, siempre tengo en mente aquel que imaginé antes de escribirlo. Y ese libro es mejor. Toda la fuerza y la belleza del libro escrito son solo una sombra y un reflejo del poder y el esplendor que vi y no supe plasmar.

Ursula K. Le Guin

Shelley me leyó la historia de Ovidio sobre el escultor Pigmalión, que se enamoró de la estatua que había tallado. Quedó tan hondamente prendado de su creación que no quiso volver a saber de las mujeres. Rezó a la diosa Atenea para encontrar a alguien vivo a quien amar tan hermoso como la forma sin vida que se alzaba en su banco de trabajo. Esa noche, el escultor besó los labios de la imagen que había creado. Sin apenas dar crédito a lo que sentía, creyó que la escultura se lo devolvía. La piedra fría cobro calor.

Y no solo eso… Gracias a los buenos oficios de la diosa, la escultura adoptó forma femenina: una transformación doble, de inánime a animado y de hombre a mujer.

Jeanette Winterson
Frankissstein: una historia de amor

1

Desde niña me interesaron las historias antiguas. Las conocí gracias a los libros ilustrados que tenía una amiga mía con la que estuve de acampada unos días de las vacaciones de algunos veranos. Me gustaba la historia de la Guerra de Troya, la de Narciso, la de Pigmalión. Mi amiga y yo leíamos esos libros tumbadas bocabajo en la tienda de campaña a la hora de la siesta. Allí se quedaban los héroes y las heroínas, esperándonos hasta la noche. Y yo todavía espero volver a ver un día esos dos grandes volúmenes de mitos griegos y romanos, con sus ilustraciones de línea clara. Quién sabe si los he visto ya en alguna ocasión sin haber sido capaz de reconocerlos. Quién sabe si son como en mi recuerdo. Quizá, más que los libros, desearía recuperar el momento en que leía una de esas historias antiguas y no tenía aún la sensación de que ya estaba inscrita en mí desde antes de conocerla.

El último verano que fuimos de acampada, bajo esa misma tienda de campaña, Marta y yo empezamos también a escribir. Escribíamos en voz alta: una inventaba un personaje y a la otra se le ocurría una característica o lo ponía a vivir una aventura. Hablábamos durante largos ratos, imaginando, construyendo, narrando; en eso consistía básicamente escribir. Un día escribí en un papel una de las historias que habíamos inventado. Luego la leímos y cambiamos algunos detalles. Al acabar el verano teníamos una docena de textos en una libreta que más tarde se perdió.

Aquellos días en la montaña, además de leer y escribir, mi amiga y yo jugábamos todo el tiempo con las palabras: las transformábamos, las partíamos y las recomponíamos, las pronunciábamos cambiando el orden de las letras o las sílabas, creábamos una nueva a partir de la unión de otras, inventábamos nombres para cosas que veíamos y no sabíamos cómo se llamaban… era un juego infinito al que nos entregábamos durante una excursión, mientras jugábamos con el perro o cuando nos tocaba fregar los platos.

Ambas seguimos escribiendo cuentos. Yo porque me decían que se me daba bien y también por mí, porque enseguida me di cuenta de que escribir me ayudaba a dar forma a lo que me rondaba en la cabeza y a mantenerlo a raya. Me gusta. Sin embargo, en lo que he ido escribiendo hay algo que no funciona. Sé qué historia quiero contar en cada ocasión, cómo son los personajes y en qué situación están, y eso es bueno. Mis textos están bien armados, no tienen fallos aparentes, dicen claramente lo que dicen, dan la impresión de responder a una cierta habilidad técnica; y eso es malo, y yo sé que lo es. Me refugio en lo que se me da bien. Trato de poner una palabra detrás de la otra y de construir frases correctas, como si siguiera en clase de lengua y quisiera sacar una buena nota: muy bien la ortografía, la gramática, la sintaxis. Trato de lograr cada vez, en cada texto, que el lenguaje, mi lengua materna, me libre de la confusión y del miedo al vacío. Todo eso ya lo sé. Y también sé que debería dar un paso adelante y saltar. Que esas palabras que se unen y forman frases que tienen sentido han sido siempre mi andamio. Que son lo único que tengo. Lo que no sé es cómo voy a despojarme de aquello que me sostiene. ¡No sabría ni por dónde empezar! Entiendo lo que me dicen los pocos amigos que me han leído: despójate de técnica y de mesura, suéltate, échale víscera, escribe con las tripas, atrévete a aligerar prescindiendo del sentido preconcebido... Pero ¿cómo? ¿Cómo se hace eso exacta, concreta, voluntariamente? ¿De qué se trata? ¿De alterar el orden sintáctico? ¿De escribir desde un lugar que no pueda llamarse orden? ¿Cómo puedo llegar hasta ese lugar? ¿Cómo entro en él para escribir desde ahí? ¿Acaso los sueños? Los sueños podrían ser un umbral. Quisiera escribir literatura, ¡no levantar un andamio! No solo escribir, sino traspasar ese umbral. No solo abrir grietas o heridas, sino desmembrarme, morir un poco para vivir otro poco desde algún otro miedo. Acceder a ese no orden del lenguaje. Aunque me desgarre la ropa y jirones de mi piel queden adheridos a las ramas petrificadas de un bosque prehistórico o en los clavos de las paredes de un resquicio, unr es quicio.

Desquiciarme, desmembrarme.

Un umbral tiene que ser necesariamente un vacío. Buscar umbrales. No es algo muy distinto de lo que hacía cuando de niña jugaba con mi amiga Marta. Pero hace mucho ya que no soy una niña.

En la historia antigua de Tácita Muta, la ninfa Lala pronunció unas palabras, *aléjate de las orillas*, que salvaron a su hermana de una trampa de Júpiter, quien se había encaprichado de ella. Además, Lala advirtió a Juno, la esposa de Júpiter, de las intenciones del padre de los dioses. Júpiter se vengó arrancándole la lengua a la ninfa y desterrándola al inframundo de los silentes. Mercurio la acompañó hacia ese mundo subterráneo y en el camino la violó. La escena de la violación es la más terrible del relato de Ovidio: *ella suplicaba con el rostro sustituyendo las palabras, esforzándose en vano por hablar con su boca muda*. Las palabras de la ninfa, la venganza de Júpiter y sus consecuencias son un triple castigo: el silencio, el confinamiento al mundo de los muertos, la violación. No obstante, el final de la historia puede leerse como una restauración: la ninfa queda embarazada y pare dos gemelos, los Lares. A partir de ese momento, se llamó Tácita Muta y entró a formar parte del panteón de las divinidades romanas. El culto a la diosa muda sirvió para recordar a las ciudadanas de Roma su compromiso con el silencio como el lugar de las mujeres. Ser madre de un varón es acceder a un lugar distinto, a un nuevo nombre, a una identidad. Lo aprendí en Egipto, cuando me contaron que Om Kalsoum significa "madre de Kalsoum". ¿Dónde comencé yo a vivir cuando nació Pablo?

El miedo al silencio convive en mí con otro miedo seguramente mayor: salirme del camino para tomar un desvío igualmente trazado y empezar de nuevo a saltar de piedra en piedra sin caer al agua, sin permitir siquiera que el agua me salpique. Volver al inicio. O desmembrarme. No sé ahora, pero antes, cuando jugábamos con muñecas, estábamos acostumbradas a ver cuerpos de goma sin cabeza, cabezas con pelos implantados como palmeritas brillantes sin cuerpo, un brazo suelto, una pierna, un cuerpo con todo salvo una pierna. Las manos y los pies no se separaban: el brazo iba con la mano y la pierna, con el pie. La muñeca completa tenía seis partes: la cabeza, el cuerpo, el brazo derecho, el izquierdo, la pierna izquierda, la derecha. A veces había que separar una parte del torso para extraer el agua que había entrado en el cuerpo de la muñeca a la que bañábamos en el bidé o en el mar. Otras veces el ardor del juego o una pequeña venganza eran la razón del despiece. Mi mano reproduciría sin vacilar el gesto, el giro necesario para volver a encajar una pierna, un brazo o una cabeza en un cuerpo de muñeca de goma. ¿Cuál es el gesto para recomponerse una misma? ¿Cuál es el pedazo que puede desarmarse en mí?

Todo eso me preguntaba en aquel tiempo difícil.

Acudía, como siempre había hecho, al diccionario, donde encontraba el significado, el sentido. Desde pequeña, consultar el diccionario me tranquilizaba. Comprobar que explicaba cada palabra que yo descubría o verificar el significado de otra sobre la que dudaba me dejaba con una clara y cómoda sensación de que el mundo estaba en orden.

rotura

Para nombrar la acción y efecto de romper(se) existen dos sustantivos, *rotura* y *ruptura,* pero no son intercambiables. Cuando se trata de realidades materiales, se prefiere el uso de *rotura.* Si se trata de realidades inmateriales, lo normal es usar *ruptura.*

Pensaba: cuando usamos *ruptura*, solemos referirnos a los vínculos *entre* las personas; ponemos el acento en esa ruptura, lo que nos despista de la otra ruptura: la que tiene lugar *dentro* de las personas. Pensaba: el cuerpo es inmaterial, a diferencia del organismo; el cuerpo es una imagen hecha sobre todo de palabras, sensaciones, percepciones, recuerdos. ¿Cuántas partes tiene el cuerpo? Muchas. Pensaba: el cuerpo inmaterial pierde alguno de esos miembros en cada ruptura. Cuando el cuerpo se desgarra, ¿se puede coser? Pensaba: las rupturas se dan también en la continuidad, en el hilo de tiempo de nuestra vida. En cada ruptura perdemos, entonces, el hilo. Pensaba: Ariadna. Pensaba: coser, bordar, hilvanar, pespuntear, zurcir, suturar, tejer. Tejido. Texto.

Ruptura

De vuelta a casa, abrí la puerta y escuché su voz. Así empezó lo que quiero contar. Quiero contarlo para entenderlo y sobre todo para que acabe ocupando el espacio físico de un cajón. Saboreo anticipadamente el momento de meter en él los papeles escritos y cerrarlo. Tac.

Por fin de vuelta a casa, abrí la puerta y escuché su voz. Canturreaba. Siempre lo había hecho, desde pequeño. Oírle canturrear me ponía contenta, como si tuviera una prueba irrefutable de que era un niño feliz y más tarde un adolescente feliz. Abrí la puerta, le oí canturrear y solo entonces me di cuenta de que hacía algún tiempo que no lo oía: no recordaba cuándo había sido la última vez, no era reciente. Mi alegría al escucharlo fue instantánea, pero enseguida identifiqué en sus notas la melodía que Ástrid escuchaba unos días antes, sí, el domingo anterior, a un volumen bastante alto, en su habitación. La música llenaba la casa, aunque la puerta de la habitación estaba cerrada. No me importó. Era una pieza barroca, una de esas arias tan bellas y tristes de Händel o de Bach. Al escucharla recordé épocas, años atrás, en que las mañanas del fin de semana comenzaban con música barroca, generalmente conciertos festivos. A la música se sumaban nuestras voces o se abandonaban nuestros movimientos, en simuladas danzas palaciegas entre bromas y veras que desembocaban en persecuciones, impenitentes sesiones de cosquillas o abrazos sin prisa alguna. Entonces, creíamos que lograr que el fin de semana fuera agradable estaba en nuestra mano; los tres: Jaime, Pablo y yo, en casa con cuarenta y ocho horas libres por delante y unas ganas genuinas de estar juntos y de complacer a los otros dos. Ahí estaba también nuestra propia alegría. ¿Qué os apetece desayunar? ¿Qué queréis hacer esta tarde? ¿Qué os parece si vamos a...? ¿Y si nos quedáramos? Compartíamos el fin de semana y lo celebrábamos con una alegría sencilla que nos parecía indestructible. Era nuestro.

La música de Ástrid era un poco más triste, pero tan bella como la que inundaba esta misma casa cuando vivíamos aquí Jaime, Pablo y yo. *Ombra mai fu*. Y ahora mi hijo la canturreaba quizá sin saber qué era lo que estaba tarareando, de dónde le había llegado, cómo había interiorizado esa secuencia de notas.

Al reconocer la pieza que él cantaba, mi alegría se mezcló con un temor aún impreciso y las dudas empezaron a tomar forma de reproche: ¿Cómo se te ocurrió meter a esa mujer en casa? ¿En qué momento te pareció que alquilar una habitación era un modo fácil de acabar con la preocupación cada vez mayor de no llegar a fin de mes? Sí, valoré ciertos inconvenientes: mi hijo y la inquilina —había decidido que fuera una inquilina— podían no llevarse bien. De nuevo tendría que renunciar a mi estudio, el espacio propio que había anhelado durante tantos años y del que estaba disfrutando desde mi separación. Era además la habitación de invitados: si algún amigo de mi hijo tuviera que quedarse a pasar la noche, cosa que se daba cada vez con menor frecuencia, tendría que dormir con él en un colchón

La crisis – la familia

en el suelo. Mis amigas y mis acompañantes ocasionales podrían dormir conmigo. Debería acostumbrarme de nuevo a compartir el baño y la cocina, nada grave.

El dinero me hacía falta. Empezó la crisis, y conseguir dinero para seguir manteniendo a mi hijo y pagar la casa se había convertido no ya en mi obligación, sino en una obsesión, y me causaba una angustia constante. Le hablé a Pablo de alquilar mi estudio. Desde hacía un tiempo mucha gente en Barcelona compartía su casa. La crisis había desmontado la idea de que cada núcleo familiar, adultos y niños, si decidían tenerlos, iban a vivir en un espacio donde desarrollar esos vínculos y códigos propios de los miembros de la pequeña estructura de la familia. La gente que había empezado a compartir su casa seguramente no lo habría elegido, pero tampoco era el fin del mundo, y les permitía seguir viviendo donde querían. Eso me decía a mí misma y eso le dije a él. Le pregunté qué le parecía. Ningún problema, me dijo Pablo. Me parece bien, y tú estarás más tranquila. Es cierto que mi hijo es adaptable y sereno, que no suele oponer inconvenientes a lo que se le plantea, pero también es introvertido y no muy sociable. Pensé que tal vez creía que la presencia de otra persona en casa iba a apartar un poco mi mirada de él, o al menos a distraerla. Pensé que era él quien podría estar más tranquilo.

Cuando le expliqué a Pablo, tratando de ocultar mi vergüenza e incluso mi preocupación, lo que me había ocurrido en el trabajo —lo que me habían hecho en el trabajo, diría ahora—, se ofreció a buscar un modo de traer algún dinero a casa, aunque no fuera mucho: clases particulares o ayudar en la tienda de los padres de su amigo Mateo los fines de semana. A mí me preocupaba que no pudiera dedicarse a estudiar justo en esos cursos tan críticos: unas buenas calificaciones le garantizarían después el acceso a becas o a universidades de aquí o de fuera que ofrecieran lo que él decidiera estudiar. Eso le dije. No le dije lo que sentía: que él tuviera que trabajar supondría que yo no había conseguido hacerme cargo de la mitad de su manutención hasta que acabara sus estudios. Otro fracaso. Lo hablé con su padre, y estuvo de acuerdo en que esos años lo que Pablo tenía que hacer era estudiar. Abracé a mi hijo, le di las gracias por su ofrecimiento y le dije que no se preocupara, que yo me encargaba. Lo hice.

Yo siempre había trabajado bien. Era seria y cumplidora, me gustaba mi trabajo y mis clases eran bien valoradas por los estudiantes. Tenía una buena relación con mis colegas y algunos de ellos, al enterarse de que el nuevo gerente me había dejado prácticamente sin clases, me proponían trabajos, cursos o actividades que creían que podía desempeñar. Empecé a decir que sí a todo. Cursos online; sí claro, aunque nunca antes los había dado y carecía de una formación específica. Creación de materiales didácticos para nuevos grados en universidades privadas; por supuesto, pese a que no estaba muy bien pagado para la cantidad de horas que suponía. Formación en empresas; me va bien, muchas gracias. Corrección de trabajos académicos; de acuerdo. Y así empezó la vorágine. Cada día iba a trabajar a dos o tres lugares diferentes donde desarrollaba actividades distintas con personas desconocidas y materiales nuevos. Agotador para cualquiera y más para alguien de mi edad, según empezaron a decirme algunos amigos con los que me desahogaba. Todo era por un tiempo. Nada tenía continuidad y nada garantizaba que al cabo de unos meses me fueran a seguir llegando propuestas. Y yo que había creído que después de veinticinco años lo que me quedaba de vida profesional iba a consistir básicamente en seguir haciendo aquello que ya sabía que hacía bien y en asumir de vez en cuando algunos riesgos: cursos nuevos, materiales nuevos, entornos distintos… pero excepcionalmente, como complemento interesante a una actividad por lo general agradable y cómoda que garantizaría mi tranquilidad económica. No fue así. Habían pasado ocho meses desde que la crisis me afectó directamente cuando por primera vez tuve que pedirle dinero a mi hermana para pagar una derrama al administrador del edificio. ¿Y si tenía un gasto imprevisto? ¿Y si enfermaba? ¿Y si…? Tenía que alquilar una habitación. No significaría mucho dinero, pero me ayudaría y no supondría más horas de trabajo. Redacté el anuncio y lo colgué en internet: *Se alquila habitación en piso céntrico…*

Abrí la puerta y escuché su voz. Entré en mi habitación. Me quité los zapatos y solté el bolso. Varios quilos de material para el trabajo cayeron al suelo. Me tumbé boca arriba en la cama, sin quitarme la chaqueta. El olor a casa, la luz de mi cuarto y mi colchón, que mi cuerpo conocía desde hacía años, me acogieron al instante. Cerré los ojos, pero me pareció que con los ojos cerrados prestaba más atención a los sonidos y no me relajaba, sino que mi mente buscaba confirmar que esas notas tarareadas que había oído eran de la pieza que ella escuchaba unos días atrás. Basta, ya está bien, déjalo; descansa unos segundos y ve a preguntarle qué tal le ha ido hoy el examen. Me levanté y fui. Mientras recorría el pasillo me sacudí de encima la inquietud y, cuando abrí la puerta que daba al distribuidor, ya estaba metida de lleno en mi papel de madre.

Om Saulo.

Ya no canturreaba.

—Hola, Pablo, ¿cómo te ha ido el examen?

La habitación de Pablo está siempre algo desordenada. *Siempre* es una palabra traidora. Y nos encanta usarla. Decir *siempre* al principio de una frase es como redondear un número, como encontrar unas siglas que funcionan estupendamente para un proyecto profesional, como dar con una expresión que hemos tenido durante un rato en la punta de la lengua. Detrás de *siempre*, por debajo de *siempre*, se oculta precisamente esa complejidad de la realidad que la convierte en difícil de juzgar. Al decir *siempre* despojamos aquello de lo que hablamos de sus aspectos más matizados, más sutiles, y nos permitimos valorar, emitir juicios, opinar sin freno.

La habitación de Pablo suele estar algo desordenada y yo de vez en cuando, si noto que el desorden supera el nivel del que reina en la casa, le pido que recoja. Él lo hace sin protestar.

—Bien —dijo, sin apenas desviar la vista de la pantalla—, yo creo que bien.

Sabía que su respuesta iba a ser esa. Era esa desde que cursaba primaria.

Si por una vez yo no recordara la fecha de un examen o si olvidara preguntarle cómo le ha ido, ¿vendría a decírmelo? Me lo pregunto ahora.

Pablo. P ablo. P hablo. Me toca ya escribir de él y no sé por dónde empezar; ni siquiera por dónde empezar a concederme ese derecho. ¿Puede una madre hablar de su hijo?

Rastreo una y otra vez la vida de Pablo, husmeando como si tuviera que hallar en ella un detalle fundamental para entenderlo que siempre se me pasara por alto por torpe y descuidada. Y llego cada vez a las mismas imágenes. Esta es la lista:

1. Las ocasiones en que de pequeño encontraba la comida o el agua del baño demasiado calientes, aunque el termómetro o los labios indicaran que ya no.
2. El momento en que cuando todavía no tenía un año salimos a dar un paseo con él en el cochecito, de vuelta a Barcelona tras las vacaciones de verano, dos semanas en la casita del pueblo, y se tapaba los oídos para aislarse del ruido de la

ciudad como si no fuera capaz de soportarlo, protegiéndose de la agresión.

3. El día en que llegué a buscarlo a la guardería y lo encontré sentado en el suelo como el resto del grupo, que formaba un corrillo, pero él muy pegado a la maestra, sentado entre sus piernas con la espalda apoyada en ella, retirado de lo que ocurría en el grupo, y con una expresión triste como de haber llorado.
4. Su única rabieta: el día en que decidimos que no le enseñaríamos un cuento mientras le dábamos de comer. Lloró y protestó hasta quedar agotado.
5. El año en que por carnaval se disfrazó de mago, con un chaleco de raso de su padre, y se fue al colegio encantado con su enorme disfraz, pero salió tristísimo porque algunos compañeros se habían reído de él.
6. Algunas ocasiones en que él estaba con otros niños en su habitación y entré para ver si necesitaban algo y lo vi leyendo un libro mientras sus primos o sus amigos —sus invitados— jugaban a algún juego de mesa o, ya más cerca de la adolescencia, charlaban. Todos menos él.
7. El momento en que me digo a mí misma lo que sé desde siempre: que vuelve del instituto a casa todos los días puntualmente, que nunca se queda a charlar con los compañeros.

Repaso la vida de mi hijo, hablo ahora de mi hijo, Phablo, y evoco una vez y otra más esas escenas. Ahora escribo la lista y pienso que la mayoría de ellas, tal como las formulo, las centro en Pablo. Yo me coloco fuera y lo miro. Me distancio y escribo desde lejos, como siempre he escrito, desde una separación en la que me siento a salvo. ¿Qué ocurre si me incluyo, si abro algún espacio, un vacío, en esos recuerdos y me cuelo dentro? En el de la guardería, por ejemplo:

Era un día cualquiera. Fui a buscar a Pablo a la guardería unos minutos antes de la hora. Subí las escaleras, cogí el cochecito de entre muchos otros y lo dejé abierto al pie de las escaleras para que estuviera preparado cuando saliéramos. La rutina de cada vez. Con ilusión, con las ganas de verlo de cada tarde, subí a la planta de arriba, donde estaba la clase de Pablo, y me los encontré a todos en el amplio distribuidor sentados en corro en el suelo. Había niños entretenidos con juguetes; otros seguían con la voz o con los gestos la canción que estaba cantando la maestra. Ella también estaba sentada en el suelo con las piernas extendidas y abiertas. Sentado entre ellas con la espalda apoyada en la maestra, estaba Pablo. No jugaba, no cantaba ni seguía la mímica de la canción. Estaba allí, pero no formaba parte del corro; me pareció que tenía un semblante muy serio, muy triste, como si hubiera estado llorando. Cuando me vio, se levantó y vino hacia mí como si no hubiera pasado nada especial. Lo abracé y le di un beso. Entramos en la clase a buscar la chaqueta y la bolsa y al salir saludamos a la maestra y a los niños. Bajamos las escaleras y salimos a la calle. A mí me pesaban las piernas y me invadían las ganas de llorar, pero aguanté el tipo, traté de estar sonriente y volver a recuperar la alegría. No le pregunté a la maestra, ni en ese momento ni en ningún otro, si había ocurrido algo. Ella tampoco me decía nada sobre eso en las notas de la libreta que cada día iba de casa a la guardería y de la guardería a casa para informar de cualquier contingencia destacable que ocurriera. Ver a Pablo en ese corro, pero tan fuera de ese corro, me había partido el alma y sin embargo creo que no pregunté nada porque en mi fuero interno sabía que no era necesario que hubiera ocurrido nada en especial para que la escena que había visto se produjera. Hoy lo pienso y me doy cuenta de que si ver esa escena me dolió tanto fue porque confirmaba algo que ya sabía, aunque no me lo decía explícitamente. Mihi jono dis frutarel acion ando secono trosn iñ os.

Ahora me veo: ahí estoy. Lo puedo intentar también con el recuerdo del carnaval. Para hacerme espacio en él añadiría a lo escrito que, cada vez que evoco ese día, imagino a unos cuantos niños disfrazados de superhéroes riéndose de un niño flaco y feliz con un chaleco que le queda enorme e hiriendo así no solo su alegría, sino también algo de su confianza en sus iguales; en sus mayores, que le habían propuesto ese disfraz; y en él mismo. Optar por un tipo de disfraz algo distinto o por no comprar un disfraz no debería entrañar ningún riesgo para un niño. Nosotros lo hicimos a nuestra manera, pero no salió bien.

O el día de la rabieta: fue su padre quien decidió que no le volveríamos a dejar tener un cuento delante mientras comía. Yo no me opuse. Jaime lo tenía clarísimo: era él quien solía darle de comer a mediodía y él decidía cómo hacerlo. No recuerdo quién empezó a darle la comida poniendo un cuento al alcance del niño para que lo mirara, quizá fuera yo. Quizá yo nunca hubiera tomado la decisión de quitarle a Pablo el cuento a la hora de comer. Berreó un buen rato. Al final estaba exhausto. Yo también. No volvió a tener un cuento delante mientras comía ni recuerdo que lo pidiera.

Me propongo pensar a mi hijo, hablar de mi hijo, Pablo, y evoco escenas como esas. Se me agolpan las preguntas: ¿por qué son esas las que vuelven y vuelven, y no otras? o ¿qué me estoy perdiendo? o ¿qué me estoy escondiendo? Una madre que se atreve a hablar de un hijo ¿puede hablar de algo que quede por fuera de su mirada hacia ese hijo? Quién sabe si se produjo para Pablo el dolor que yo imaginé en esos momentos que evoco o si el único dolor fue el mío. Me pregunto: ¿cómo veo a Pablo, al Pablo de hoy? Es cordial: no hay tensión en el contacto cotidiano. Sonríe con frecuencia. No se opone, no se enfrenta, hace lo que se le manda. Responde a lo que se le pregunta, pero raramente pregunta él o devuelve una pregunta. Pasa solo en su cuarto muchas horas al día. Estudia algunos ratos, aunque otros, largos, se pone unos auriculares y se divierte jugando a videojuegos. Me pregunto desde dónde hablo de mi hijo, desde dónde lo miro, y me veo a mí misma mirándolo desde el quicio de la puerta de su habitación. Ni dentro ni fuera. ¿Podré ir abriendo espacios nuevos desde los que mirarlo? ¿Podré entrar en su cuarto y sentarme a hablar con él?

Ya queda un poco menos. Imprimir, meter la resma de papeles escritos en un cajón. Cerrar el cajón, que se deslice hasta que se produzca el contacto con el fondo. Empujar y tac. Línea y punto final. ______________ .

De vuelta a casa, abrí la puerta y escuché la voz de mi hijo que canturreaba la música que unos días atrás salía de la habitación de la mujer a la que yo le había alquilado una habitación, concretamente la que había sido mi estudio. Era la cuarta persona que se había interesado por el anuncio. Las otras tres que llamaron o incluso vinieron a ver el cuarto no se decidieron a alquilarlo: demasiado caro, demasiado pequeño, finalmente me voy donde una amiga... Empezaba a desanimarme: iban pasando los días y no sabía cómo pagaría el alquiler a final de mes. Entonces Ástrid llamó para preguntar si seguía disponible la habitación del anuncio. Nada destacable en la conversación, aunque ahora recuerdo que me dijo que aún no tenía el billete para venir a Barcelona desde Helsinki, pero que lo iba a comprar enseguida. Una semana después llamó al timbre de mi casa a la hora acordada. Entró resuelta. Yo la observaba tratando de captar señales que me indicaran si sería una buena inquilina y me llamó mucho la atención con qué tranquilidad se detenía frente a algunos cuadros, objetos, fotos, rincones de la casa… y se daba el tiempo necesario para mirarlos con calma, pese a que yo estuviera ahí, a su lado o detrás de ella, sin nada más que hacer salvo mirarla mirar mis cosas y preguntarme qué estaría pensando, qué le parecerían mis fotos en el corcho, mi corona de flores secas o el cartel de la exposición de Sophie Calle, con ese gran ojo, colgado en el pasillo.

Darme tiempo me cuesta. No suelo concederme el necesario para hacer las cosas lo mejor posible o para disfrutarlas mientras las hago; especialmente si ese tiempo que podría darme interfiere con el de otra persona, alguien que espera. No soy tan importante para mí misma como para hacer que me esperen. Ella en cambio no tenía ningún problema para hacer que alguien la esperara, era evidente. Delante de los libros y de los discos, Ástrid se demoró mucho más tiempo que en el cuarto de baño o en la cocina; más incluso que en el cuarto en alquiler. Se había detenido también un momento ante el cristal emplomado verde y azul de la puerta que había entre el distribuidor de la entrada y el pasillo que llevaba a la cocina comedor y a mi habitación. Era un fragmento de una de las antiguas puertas que me había empeñado en conservar. No logré rescatar el otro cristal emplomado, el que había en otra puerta al final del pasillo, porque estaba en muy mal estado. Había reformado el piso, había tirado los tabiques de la cocina, la había unido con la sala y había cambiado todas las puertas, pero en la que da entrada al pasillo quise dejar un trozo de cristal verde y azul, como un testigo del estadio anterior de la vivienda, del tiempo previo a mi llegada.

El piso antes de la reforma, cuando entré a verlo la primera vez, fue para mí precisamente de ese color entre azulado y verdoso, verdemar. Es más, vi el aire en él de ese color y creo que fue eso lo que me llevó a decidir comprarlo. Vi el piso como a través de un filtro que daba un cierto matiz a la luz, que eliminaba de los espacios iluminados las transparencias impúdicas o las claridades excesivas. El aire de ese color es el de un lugar que yo puedo habitar. No podría vivir en un sitio donde la luz lo condenara todo a la visibilidad, donde ningún detalle escapara de lo visible. Prefiero los espacios que guardan secretos, sombras y silencios. Al abrir los ojos debajo del agua cuando buceaba, me gustaba ver cómo la luz se iba degradando de arriba abajo: en la superficie, claridad intensa, casi cegadora, fulgurante; hacia el fondo, en una suave transición, cada vez más silencio y penumbra. Me parecía que todo se movía más lento ahí abajo. Entre la superficie y el fondo, ese espacio de agua verdosa es lo que reconocí tras el cristal emplomado del piso en el que vivo.

Vivo aquí desde hace un montón de años. La misma ciudad, el mismo barrio, la misma casa, el mismo trabajo, una pareja con la que yo no hubiera roto, pero que me dejó para irse a vivir con un hombre. Todo un cambio.

Yo no impulso los cambios.

Tiendo a proteger las cosas que me gustan de su uso. Si las uso, se desgastarán, se estropearán; mejor las guardo. Cuando tenía dinero me ocurría con el vestido o los zapatos recién comprados que nunca encontraba ocasión de ponerme. Me pasa con todas las cosas que me gustan: tengo la fantasía de que si las conservo durarán más o incluso para siempre. Pero así no las disfruto, y algo de ellas está muerto de una muerte peor que la que sufrirían a causa de su uso. Esas cosas están muertas de una muerte previa al nacimiento, que es a la vez un encuentro con el otro y el inicio de una muerte vital, una muerte por vida, tras vida. Las cosas que protejo de su desgaste se convierten en fantasmas que piden a gritos que les permita entrar a encontrarse conmigo mientras yo trato de no oírlo, de subir el volumen de la música y de estar demasiado ocupada para atender esa petición. A veces sospecho que me esfuerzo por hacer eso mismo conmigo, sin darme demasiada cuenta. No soy de cambios, soy de continuidades, que no exigen argumentos ni justificaciones, que permiten mantenerse en silencio.

Ástrid miraba mi casa, mis cosas, y apenas hablaba, salvo algunos "está bien", "ah" o "vale". Yo la observaba. Era alta y huesuda. Llevaba el pelo largo, una melena clara y ondulada. Debía de ser algo mayor que yo. Vestía vaqueros y una camiseta de manga larga de color naranja. Le presenté a Pablo. Llamé a la puerta de su habitación y, cuando contestó, la abrí y la dejé pasar. Ella entró y se colocó delante de mí, en mitad del cuarto. Saludó. Él le devolvió fugazmente el saludo desde su silla, frente al escritorio donde estudiaba. Ástrid sonrió y miró a su alrededor. Salió y continuamos.

Una vez terminado el recorrido por el piso le ofrecí un té y charlamos mientras lo preparaba. Llevaba más de un año sin trabajar, pues había podido prejubilarse y tras vender el piso en el que vivía en Bilbao pasó unos meses viajando y luego se instaló en Helsinki, donde tenía una amiga. Ahora no quería volver a pasar un invierno en Finlandia; le apetecía un lugar más cálido y luminoso, y había pensado en Barcelona. No sabía cuánto tiempo se quedaría aquí, pero pensaba en dos o tres años si se encontraba a gusto. La habitación le parecía bien; no era muy grande, ella tampoco tenía muchas cosas. Aseguró ser limpia —lo normal— y ordenada —bastante—; se presentó como madrugadora y activa: Aunque no tenga que ir a trabajar no me pasaré el día en casa. Acordamos las cuestiones prácticas básicas: el uso de la nevera, de la lavadora, el pago de los gastos de agua, gas, wifi. Ella dijo que al día siguiente traería sus cosas y se instalaría. Yo le pedí que me diera un día más, 24 horas para pensármelo y decidir. Quedamos en que la llamaría. Insistió en que necesitaba dejar el lugar donde se alojaba cuanto antes. Le aseguré que no me demoraría. Solo quería tiempo para charlar con Pablo. Ástrid se fue y dejó atrás durante unas horas un ligero rastro de perfume que yo apenas había percibido mientras estaba con ella. Nunca uso perfume. El suyo me resultaba agradable, como de bergamota y de cítricos, pero era un olor completamente extraño al de mi casa. Lo cubría, lo neutralizaba.

Un día Mateo, el amigo de mi hijo, comentó nada más entrar por la puerta: "Vuestra casa tiene un olor que reconocería en cualquier parte". Le pregunté a qué olía y me dijo: "A casa". Desde entonces de vez en cuando, cuando venía, le preguntaba si seguía notando ese olor que yo no daba en percibir. Claro, me decía. Debía de ser el olor de un piso en el que se cocinaba todos los días, dos veces cada día, a mediodía y a la hora de cenar. El padre de Pablo siempre tuvo claro que el niño no se iba a quedar a comer en el colegio y, cuando nos separamos, yo seguí organizándome para comer en casa con mi hijo todos los días. No sé si cambió el olor de mi casa cuando Jaime se fue o si habría sido otro si yo hubiera eliminado la puerta de cristales emplomados que desde el pasillo daba al distribuidor. Me preguntaba si iba a cambiar ahora.

Ticticticticticctic. Llamé a Pablo golpeando con la uña el cristal emplomado de la puerta del pasillo, según un viejo código nuestro. Vino. Tenemos que hablar un momento. Leyó mis labios desde el otro lado de la puerta. Voy.

—Ástrid, la mujer que ha venido esta mañana a ver la habitación, parece que está decidida a quedársela.

—¡Ah!

—Habría venido a instalarse hoy mismo si no le llego a pedir unas horas para que acabáramos de pensárnoslo...

—Bien, ¿no?

—Sí, sí. Pero quería preguntarte si sigues creyendo que todo esto es buena idea.

—Yo diría que sí.

—Vale. A mí me ha parecido una mujer agradable, no sé... una persona seria... Creo que puede ser más o menos fácil, incluso interesante, pero algunas cosas cambiarán, seguro. Tendremos que adaptarnos.

—Ya, claro, pero tú estarás más tranquila.

—Sí, esa es la idea.

—Pues ya está.

—Tú la has visto también, ¿qué te ha parecido?

—Bien, supongo, no sé. Tú...

—Habría preferido que no hiciera falta, pero no veo otra manera.

—Está bien. No pasa nada.

—Entonces, le digo que venga, ¿no?

—Sí.

De vuelta a casa, abrí la puerta y escuché su voz. Esa secuencia de palabras se va convirtiendo en el ancla de lo que quiero contar, el peso que evitará que me desvíe, que mi historia derive sin rumbo. Pero las anclas van desgastando el fondo de los mares. En el Mediterráneo las anclas de los barcos destruyen las praderas de posidonia. Las aplastan al caer sobre ellas. La cadena que las une al barco se apoya sobre el fondo marino y, movida por las corrientes, va destruyendo el manto verde.

Es posible que la posidonia sea el ser vivo más longevo del planeta.

En los libros que Marta y yo leíamos de niñas tumbadas bocabajo en la tienda de campaña, aprendimos que, según se narra en *La Ilíada*, cuando el mundo fue dividido en tres, Zeus recibió la tierra y el cielo; Hades, el inframundo; y Poseidón, los mares. Supimos también que en *La Odisea* el rencor de Poseidón hacia Ulises por haber matado a Polifemo, su hijo, dificultó al héroe su regreso a casa, a Ítaca.

Poseidón no solo es dios de los mares, sino también de los terremotos: puede agitar las aguas marinas y también las subterráneas; puede, según se lee en algún texto antiguo, provocar algunas formas de agitación o de perturbación mental cercanas a la epilepsia. Mover aguas subterráneas tiene su peligro; estoy avisada.

Posidonia es, además del nombre de la planta submarina, el nombre griego de la ciudad que en época romana se llamó Paestum. En el museo de Paestum está la tumba del nadador o la tumba del zambullidor —me gusta mucho más esta última palabra, con algo que hierve en su interior y una sonoridad circense: È *arrivato Zampanò*!—, cuya losa superior luce un bellísimo fresco del siglo V a.C. que se interpreta como el paso de la vida a la muerte.

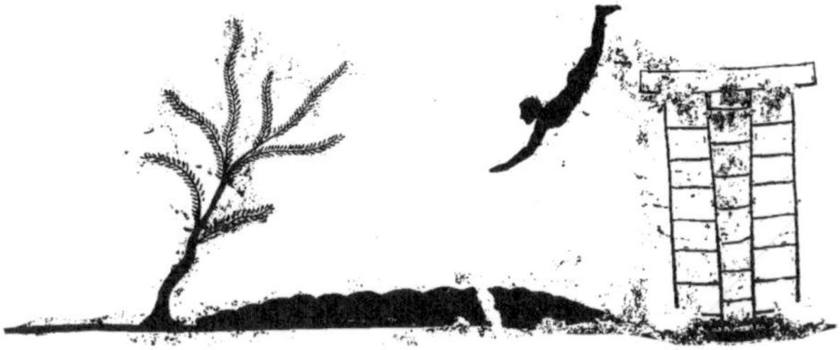

Lanzaba esa cadena de letras, palabras, signos, que movida por las corrientes laceraba el fondo de mi mar. La lanzaba —me lanzaba— al fondo esperando que la herida no se hiciera demasiado grande. Aunque es posible que la extensión de la herida pasara a ser en realidad más definida, menos difusa y amenazante que aquel ir viviendo sin encadenar las palabras que me llevaban al fondo de lo que iba viviendo. Quizá la herida cicatrizara mejor.

De vuelta a casa.

È arrivato Zampanò!

Devuelta a casa.

Devuelta a casa por el gestor que hizo los cambios en la estructura del centro de enseñanza en el que había trabajado tanto tiempo que pensaba que iba a ser para siempre. Devuelta a casa por la caída en una situación de precariedad que me obligó a buscar otros modos de conseguir dinero. La zambullidora.

Devuelta acaso a la necesidad de repensar cambios en el olor de mi casa.

Los días que siguieron no podía evitar evocar cómo al entrar en la casa escuchaba a Pablo canturrear y me daba cuenta de que tarareaba la música que escuchaba Ástrid. Había sentido cristalizarse sospechas y temores que había estado tratando de mantener lejos de la superficie. Y cada vez que lo evocaba los cristales me lastimaban más la garganta y se me clavaban más hondo en la boca del estómago.

canturrear

tararear

Tres días después de conocernos, Ástrid trajo sus cosas y se instaló.

Dispuso todo lo que traía en su habitación. Entonces salió con unas cuantas cosas y en la cocina añadió su taza de café a las nuestras, y una ensaladera de madera que le habían traído unos amigos de no recuerdo dónde y que untaba con un poco de aceite después de lavarla cada vez que la usaba. En el cuarto de baño ocupó el estante que le habíamos asignado. En la nevera, igual.

En los días sucesivos a la llegada de la inquilina tuve que recordarme con frecuencia la tranquilidad que me reportaría el dinero mensual por la habitación. Los primeros días de convivencia me sentía incómoda, observada. Algo me extrañaba de mi casa, mis cosas, mi espacio y mis quehaceres. Me ponía a cocinar o a fregar los platos y allí estaba ella sentada a la mesa, dispuesta para una conversación que a mí no siempre me apetecía, pero en la que entraba por cortesía, por hospitalidad. Incluso hacía el esfuerzo de tomar la iniciativa: ¿Qué tal? ¿Duermes bien? A mí a veces me cuesta dormir en un sitio nuevo. Es tranquila la habitación, ¿verdad? En verano con las ventanas abiertas un poco menos, pero ahora… Ella tal vez se hubiera sentido cómoda en silencio; yo, así, mientras ella me miraba hacer, no. Rutinas y gestos que yo hacía cotidianamente sin pensar en ellos, con total espontaneidad, perdían su simplicidad y pasaban a ser doblemente observados: por ella y por mí. Era como si su mirada se duplicara en mi propia mirada, como si me sacara de mí y me colocara en un lugar desde el que contemplarme y contemplarnos. Yo me ponía a tender la ropa y ella me comentaba cualquier cosa apoyada en el quicio de la puerta del lavadero. Yo me veía tender. Me parecía que mis movimientos eran torpes, se me caía alguna que otra pinza.

Otras veces llegaba del trabajo cansada y hambrienta y me encontraba con que ella estaba cocinando. Cuando cocinaba, escuchaba música con su teléfono móvil conectado a un pequeño altavoz. Me contrariaba tener que esperar. Seguramente no era necesario que esperara: podría haberme puesto a cocinar con ella, pero no me sentía con fuerzas, al final del día cuando ya he agotado mi tiempo de adaptación a otras personas, de interés por ellas, de comunicación con el prójimo. Me sentaba en el sofá, trataba de leer y pensaba en lo bien que nos habría venido ahora la cocina original del piso, con sus cuatro paredes y su puerta, pese a que siempre había defendido la cocina integrada en el espacio más grande de la casa, una sola pieza en la que pudieran estar varias personas dedicadas a hacer cosas diferentes, pero juntas. Me sentaba en el sofá y fingía leer. Enseguida Ástrid despertaba mi curiosidad: quería saber qué cocinaba y cómo. Quería sobre todo ver cómo se manejaba en mi cocina, con mis cosas. No conseguía no estar pendiente de lo que ella pudiera necesitar. Las especias están ahí en el armario de la derecha. Tienes un colador en el cajón de las ollas.

Por las mañanas ella todavía no había salido de su cuarto cuando Pablo y yo nos íbamos, y a mediodía no comía en casa.

Lentamente se fue disipando la extrañeza de tener en casa a otra persona y me repetía con tozudez que la perspectiva de contar con el dinero mensual del alquiler de la habitación me tranquilizaría. Sin embargo, era todavía demasiado pronto para que esa tranquilidad que había de llegar me permitiera aflojar el ritmo de trabajo y decir que no a alguna de las propuestas de cursos para tomarme un respiro. En breve, me decía.

Ir a dar las pocas clases que me quedaban en el centro de lenguas era un suplicio. Me ponía enferma encontrarme con los compañeros que no solo seguían dando sus clases, sino que se habían hecho cargo de las de los profesores a los que prácticamente se nos había dejado en la calle. No sabía qué hacer con la rabia. Se me solidificaba, se me indigestaba. Además, había aceptado encargos tan mal pagados que, en el momento de abordarlos, me sentía estafada. Tampoco lograba hacer lo mínimo imprescindible para cobrar, que era de lo que se trataba, sino que intentaba trabajar lo mejor que podía, por si en el futuro surgían mejores oportunidades, por si en el futuro las cosas se me ponían aún más feas. Por si. ¿Por si qué? Cuando lo pensaba detenidamente, me indignaba. Mantenía en la boca un regusto mineral y con él acababan mis largas jornadas de trabajo. Así volvía a casa, deseando prepararme algo rico para cenar. Pensaba en Sísifo.

Después de unas semanas, se fue la extrañeza y dejé de sentirme observada en presencia de Ástrid. No es que se reinstalara nuestra vida anterior a su llegada, no: algunos pequeños hábitos cambiaron. Traté de dejar mi bolsa de trabajo y mi chaqueta en mi habitación y no en el espacio común —de pronto, el comedor de mi casa había pasado a llamarse "el espacio común"—. Dejé de anunciar mi llegada a casa con el È *arrivato Zampanò!* que llevaba años declamando con mi voz más grave cada vez que abría la puerta. En ese instante, yo no era Gelsomina presentando al gran artista a las personas que habían acudido a ver el espectáculo, sino el gigante titiritero, el zafio y desencantado forzudo rompecadenas, el Pigmalión de la soñadora joven que quiere convertirse en artista. Me daba apuro entrar así, vociferando y agravando la voz, en una casa en la que ya no estábamos solo mi hijo y yo. Y cuando ya no me dio apuro, no acerté a recuperar la vieja costumbre.

Pablo y yo no volvimos a apoyar nuestras frentes en los cristales emplomados, uno a cada lado de la puerta, para vernos como si estuviéramos en el fondo del mar y hablarnos con mensajes silenciosos, breves frases que nos decíamos moviendo mucho la boca para que el otro las pudiera leer en nuestros labios, un juego que empezó entre Jaime y yo y al que Pablo se sumó en cuanto se lo permitió la estatura. El que quería proponer el juego se acercaba a la puerta y picoteaba el cristal con la uña hasta que el otro lo oía y acudía. Entre Pablo y yo, la que lanzaba el reclamo solía ser yo. Sabía que Pablo vendría y era una manera más de sacarlo de su habitación, aunque fuera por unos pocos minutos. Yo empezaba el juego la mayoría de las veces, pero no siempre, no siempre.

A veces también apoyaba mi frente en el cristal verdiazul cuando estaba sola. Eso continué haciéndolo. He continuado haciéndolo hasta ahora. Sola, apoyo mi frente en un punto en el que un ojo ve a través de un rombo de cristal azul y el otro, a través de uno verde. Simplemente miro y respiro. Del otro lado del cristal hay un espacio a salvo de la luz blanca, del ruido, de aquello que me atenaza. Me encuentro lo más cerca que puedo estar de ese lugar verdemar. Me lanzo a él como si saltara desde una roca o desde una embarcación. Me sumerjo. Ahí, respiro. Imagino que me muevo con un movimiento ondulante, oscilante, como el de la posidonia. En ocasiones consigo desprenderme de algo y al final no hay rigidez. Una vez vi un espectáculo de circo en el que un hombre y una mujer caminaban avanzando desde el fondo del escenario en dirección a los espectadores. Avanzaban de la mano muy lentamente, a pasos cortos. Se detenían cuando ya eran bien visibles para el público y entonces movían sus brazos y giraban el torso y la cabeza el uno hacia el otro, como para abrazarse, y cuando se abrazaban, sus blancos vestidos de escayola se iban resquebrajando. Trozos de yeso iban cayendo al suelo mientras los movimientos de la pareja iban volviéndose más fluidos, más sueltos, hacia el abrazo, hacia el baile. Zambullirse. Desmembrarse. Des prenderse. El espectáculo se llamaba *Falaise*, el acantilado.

El exoesqueleto protege y sostiene el cuerpo blando de muchos animales. Pero no les permite crecer. Favorece la fosilización, especialmente la de animales marinos como crustáceos o trilobites que a menudo lo muestran convertido en mineral. El lenguaje es mi exoesqueleto: construyo frases bien armadas, sólidas —¿rígidas?—, coherentes, y me envuelvo en ellas.

Algunas noches, de regreso del trabajo con el regusto mineral de la rabia y la vergüenza en la boca, me encontré la mesa puesta para tres y la cena hecha. Lo agradecí, pero le insistí cada vez a Ástrid en que no tenía por qué hacerlo. No se lo tomó como una obligación ni lo hizo regularmente, cosa que me hubiera hecho sentir en deuda. A veces preparaba la cena para los tres, eso era todo. De acuerdo, gracias.

Una noche, cuando llegué a casa, Pablo no estaba en su habitación. Abrí la puerta de cristales emplomados y oí sus voces. Estaban los dos en la cocina.

—Ya está lista la cena —dijo él, con una sonrisa de satisfacción. Ella ponía la mesa.

—Huele bien. ¿La has hecho tú?

—Sí. Bueno, Ástrid me ha ido guiando.

Es posible imaginar que el escultor Pigmalión moldeara en mármol la imagen de un hombre y que finalmente el hombre se convirtiera en mujer y cobrara vida. En cambio, no suele imaginarse al creador como una mujer. Si el escultor fuera una escultora, ¿la historia sería la misma? Y si la creación —la criatura— fuera un hombre, ¿habría asumido silenciosamente su destino a manos del creador como en la historia ovidiana o se habría rebelado y habría reivindicado su propio deseo? Mary Shelley propuso su respuesta, trágica.

Ástrid me ha ido guiando.

Así fuimos pasando a ser tres en casa. Yo pensaba que para Pablo el cambio había sido mínimo. Él pasaba en su cuarto la mayor parte del tiempo que estaba en casa. Ástrid, cuando no salía, también se quedaba en el suyo muchos ratos. Si la puerta de cristales emplomados quedaba abierta o ajustada, la música que ella escuchaba teñía toda la casa sin llegar a ser molesta.

Me pregunté en qué momento había dejado yo de escuchar música. El aparato se estropeó y no lo llevé a reparar en años. Llevaba tiempo sin usarlo y tampoco lo usé una música – arrítmica

vez arreglado. Solía tener demasiado que hacer, demasiadas cosas pendientes o demasiado ruido en la cabeza como para disfrutar de la música. Mi vida no podía hacerse eco de un ritmo, de un tempo. Mi vida arrítmica.

Semanas después de que Ástrid se instalara empecé a darme cuenta de que Pablo y ella charlaban en mi ausencia, pues intercambiaban breves alusiones a días, personas y lugares de los que yo no sabía nada. Hubo algunas conversaciones que se interrumpieron cuando yo llegué. No eran extraños los intercambios de sonrisas.

—Bajo un momento al súper.

—Si me esperas diez minutos, termino el ejercicio y te acompaño.

Pausa

Sorpresa

Tragué saliva.

—Vale, te espero.

Pensé: ¡Qué raro!

Pensé: Pablo nunca se ofrece a acompañarme a comprar.

Si le pedía que fuera a comprar, lo hacía. Cuando iba yo y le pedía que me acompañara, venía conmigo, pero dejaba claro que le daba mucha pereza. Por eso hacía tiempo que había dejado de pedírselo. Incluso me parecía que prefería ir él solo a comprar a acompañarme.

Pensé: Tendrá algo que decirme.

Pensé: Habrá pasado algo con la inquilina.

De camino al súper esperaba que me contara algo, pero no decía nada.

—¿Y cómo es que me acompañas?

—Es que llevaba mucho rato estudiando y quería parar, y a veces veo que volvéis muy cargadas y he pensado que podía ayudarte.

—Pues gracias, porque la verdad es que da más pereza ir sola, pero ya estoy acostumbrada.

—Ya.

Pausa

—Oye, ¿cómo está Mateo? Hace un montón que no viene por casa…

—Está bien, pero estudia mucho. Tiene que sacar muy buenas notas para entrar en la carrera que quiere hacer.

—¿Qué quiere hacer, que no me acuerdo?

—Biomedicina.

—Es verdad. ¿Os veis menos, entonces?

—Sí, un poco menos, pero estamos en contacto.

—Dale recuerdos.

Pausa

—Y tú, ¿vas pensado qué quieres hacer?

—Sí, voy pensando.

Sonrisa.

Sonrisa de vuelta.

Silencio

—¿Y qué?

—Uf, aún no lo tengo claro.

—Pero está bien tenerlo decidido con tiempo, ¿no? Así como Mateo, por si tienes que asegurarte una nota para entrar…

—Supongo, pero yo aún no lo sé.

Llegamos al supermercado. La conversación pasó por esa tentativa de comunicación y desembocó en todavía tenemos mermelada y en qué queso te gusta más y en esta mañana me he acabado el zumo y en deja, que esto ya lo llevo yo.

De vuelta, cargados, aunque sonreíamos cuando nuestras miradas se cruzaban, apenas hablamos. Pero Pablo se había ofrecido a acompañarme a comprar y, ahora que lo recuerdo, me doy cuenta de que, en ese camino de regreso del supermercado, nuestras miradas se cruzaron más a menudo de lo que solían en aquel tiempo.

Sí. Pablo empezó a estar algo más comunicativo también conmigo. De vez en cuando me sorprendía con iniciativas que yo antes había demandado repetidamente sin éxito: He hecho una tortilla de patatas. No, no tienes que sacar la basura, la he bajado yo. Hubo otros ¿Vas al súper? Pues te acompaño. Y durante el camino hubo también comentarios sobre el curso, las asignaturas, Mateo, y una actitud distinta, con alguna pregunta acerca de mí, de mi situación, de mis planes, del ritmo de trabajo que llevaba y de cómo me estaba afectando. Me alegré, claro.

Tras unos días en los que esas alusiones de Ástrid y de Pablo a personas y lugares de los que yo era la única que no sabía nada me parecieron más frecuentes —ciertamente, me preguntaba si todo eran imaginaciones mías—, una noche volví a casa algo más tarde de lo habitual, y mi llegada no hizo que la conversación entre mi hijo y la inquilina se interrumpiera. Estaban sentados a la mesa de la cocina. Acababan de cenar. Mientras yo me preparaba la cena, Ástrid me dijo que había estado dirigiendo a un grupo de actores aficionados y que en un par de meses estrenaría la obra en la que estaban trabajando. Me preguntó si me apetecería ir. Por guardarte una entrada. El primer fin de semana de mayo. *Panorama desde el puente*, de Arthur Miller. En el teatro de un pueblo del Maresme. Estaba claro que Pablo todo eso ya lo sabía. Le pregunté si él también iba a ir. Sí, pero él no necesitaba entrada, y no vendría conmigo, sino que ya estaría allí porque había estado ayudando a Ástrid con la música y la iba a ayudar con la regiduría.

Ástrid me ha ido guiando. Qué buena sintonía.

Pablo había hecho teatro de pequeño en el colegio. Después de eso habíamos ido juntos alguna vez a ver algún espectáculo; entonces la economía y las actividades laborales todavía no me asfixiaban. Cuando dejamos de ir, nunca me comentó que lo echara de menos. Yo sí añoraba esas salidas. Tampoco lo comenté. Siempre había disfrutado del teatro, de la danza, de ir a una sala y ver un espectáculo en directo, y las películas y las series que veía a través de plataformas digitales eran un pobre sustituto, el sustituto que podía permitirme.

Panorama desde el puente. Eddie Carbone vive en Brooklyn con su mujer y su sobrina Katie, a la que Eddie y ella han criado tras la muerte de su madre. Al principio de la obra, Eddie ayuda a dos familiares de su mujer a entrar en el país, dos jóvenes a los que acogen en su casa. La llegada de los dos jóvenes pone patas arriba el mundo de Eddie. El afecto que le ata a la sobrina a la que ha tratado como a una hija se revela enfermizo cuando la relación de la joven con uno de los recién llegados saca a Eddie de sus casillas. Deséale suerte y déjala ir, le dice a Eddie su mujer refiriéndose a su sobrina. Recuerdo bien *Panorama desde el puente.* Vimos a Eduard Fernández encarnando al protagonista en un montaje que no me acabó de convencer.

—A ver si puedo ir —dije, y pensé que ojalá ocurriera cualquier cosa que hiciera imposible que ese proyecto prosperara.

—Creo que te gustaría —dijo Pablo.

—Sí, sí, seguro. Si no tengo que trabajar, iré. Me gusta mucho el texto.

Ni Pablo ni yo mencionamos que habíamos visto juntos el montaje de Lavaudant con Eduard Fernández. Yo tampoco mencioné que me había reservado el primer fin de semana de mayo, el puente entero, para hacer alguna salida con Pablo si me alcanzaba el dinero. Era solo una idea. Todavía no le había comentado nada. Al garete. Así de fácil.

Los siguientes fines de semana los pasé sola en casa. Los sábados y los domingos Pablo y Ástrid se iban temprano y no regresaban hasta la noche. Y una vez en casa no era raro que tuvieran que seguir comentando cosas del montaje. Ástrid era la que más hablaba, claro, pero con frecuencia le pedía a Pablo su opinión. Lo escuchaba.

El fin de semana anterior al del estreno se quedaron a dormir en el pueblo donde se iba a representar la obra. Decidí irme yo también a la costa. Hacía años que no buceaba y tenía el dinero que había ahorrado para el fin de semana con Pablo que no iba a poder ser. Había planificado el trabajo de modo que me quedaran libres esos días. Llamé a Marcos, con quien había salido unas cuantas veces. ¡Cuánto tiempo! Pensaba que me estabas evitando. Ah, pues sí, me va bien; yo también hace un siglo que no salgo de Barcelona. Donde quieras, me da igual. ¿Te recojo a las ocho?

Lo pasamos bien. Pude hacer inmersión, un rato el sábado y otro el domingo. Me aficioné a la inmersión de muy joven. Conocí a Jaime en un viaje para hacer submarinismo en la costa del Sinaí. Después de tantos años bajar al fondo del mar me seguía ofreciendo lo mismo que me atrapó las primeras veces. Hacer inmersión es penetrar en otro mundo, estar en un lugar al que no pertenecemos. En cuanto empiezas a ver algún ser vivo te queda claro que ellos son los reyes de ese mundo, que ellos sí pertenecen a ese lugar y nosotros no. Pero allí nadie va a juzgarnos ni a pedirnos nada ni a construir expectativas acerca de nosotros. Ese mundo distinto se abre a nuestros ojos y en él no somos más que una pura sombra negra de neopreno. Progresivamente, durante el rato que dura la inmersión, yo llegaba a perder la noción de si ese mundo acolchado y silencioso estaba fuera o dentro de mí. Los sonidos que oía eran los del mundo de adentro, los de mi cuerpo: los pulmones que se llenan y se vacían de oxígeno, los latidos del corazón y la sangre bombeada en mis sienes, en mis pulsos. Mi interior es otro mundo de agua. La mente no está llena de aquello que la satura en el mundo de arriba en el día a día, pero tampoco está vacía, de modo que no puede empezar a llenarse de palabras o imágenes análogas a las que fuera nos agobian. Dentro de mí acaba por instalarse algo flotante. Y yo, en flotación en el fondo del mar, me reconozco lo más cerca que jamás voy a estar de volar.

El fin de semana largo dio además para dar un par de paseos por el camino de ronda. Había gente, pero no demasiada. El apartamento era minúsculo y cómodo. Sí, Marcos, yo también estoy muy a gusto contigo, pero ahora para mí no es el momento de plantearme pasar más tiempo juntos, ir más en serio o como quieras decirlo. No, no puedo asegurarte que llegue el momento. No lo sé. De verdad que no lo sé. Si te dijera algo distinto, te estaría mintiendo. Claro que puedes llamarme, siempre que quieras, pero sabes que no te voy a decir que sí cada vez que me propongas un plan.

La semana siguiente apenas vi a Pablo y a Ástrid.

Por supuesto fui a ver el montaje de *Panorama desde el puente*. Era domingo, el último día que se representaba la pieza. Por la mañana Pablo y Ástrid estaban satisfechos por cómo había ido el día anterior, el del estreno. Yo sentía que esa alegría los unía todavía más. Ástrid se marchó pronto hacia el teatro. Pablo estuvo en casa hasta después de comer. Él estaba feliz. Yo no, aunque me alegraba por él.

Cogí el autobús que Pablo me indicó. Fui con mi hermana. Me senté junto a la ventanilla para ver el mar. Atardecía. La superficie del agua parecía tranquila y brillaba rojiza. Ni lo que veía por la ventanilla ni la conversación con mi hermana me distraía de la grisura de mi ánimo. No me apetecía ver la función. Esperaba que no fuera nada del otro mundo, que los actores fueran mediocres y la escenografía pobre. Así se lo dije a mi hermana. Le hablé de Ástrid y de cómo me parecía que estaba cambiando a Pablo.

Por el tono en que lo dices no sé si avisarla de que cualquier día empiezas a envenenarle la comida…

Yo solo esperaba poder decir cuando la función acabara que había estado bien, y ya está. Esperaba que no ocurriera nada demasiado desastroso como para poder hacer ese simple comentario: ha estado bien. Estuvo bien. La historia se fue ensamblando sobre el escenario, se elevó y cayó en picado hacia el trágico final. El montaje logró que se entendiera que alguien debía morir. Los actores dijeron muy bien el texto y construyeron personajes convincentes y humanos. La tragedia emocionó al público, que aplaudió con ganas al final, yo incluida. El reparto salió a saludar unas cuantas veces y después salió también la directora. Esperé en vano que Ástrid hiciera o dijera algo fuera de lugar, pero ella no se dio importancia, simplemente saludó, dio las gracias y aplaudió a los actores y a los técnicos, y enseguida se colocó detrás de los actores y se retiró.

Tenía que reconocer que, en el montaje de Ástrid, quedaba más claro que en el que habíamos visto Pablo y yo que la tragedia no se desencadena solo porque Eddie esté enamorado de Katie, y que tampoco se trata solo de que le cueste aceptar que ella se ha hecho mayor, sino que además él ha soñado un futuro para la chica que no es el futuro hacia el que ella se encamina. Eso se le hace insoportable: eso destruye toda una vida de esfuerzo y de lucha que se apoya, precisamente, en la ilusión de que la chica tenga un futuro distinto. No puede escuchar a su mujer y tampoco a su abogado porque ellos solo entienden que ese amor es enfermizo, pero no tienen en cuenta lo que Eddie ha construido para Katie.

Después de la función me esperé en la calle a que Pablo y Ástrid salieran del teatro para felicitarlos —ha estado muy bien—, y me fui. Ese día no los vi en casa. Salieron a cenar con todo el equipo del montaje. Al día siguiente sí pude comentarles por qué me había gustado la obra, y también que me había parecido muy buena idea eliminar el papel de narrador del abogado Alfieri.

—Eso fue idea de Pablo. Cuando estábamos todavía leyendo el texto, dijo que le molestaba que el personaje de Eddie nos llegara a través de la mirada del abogado, que prefería ver a Eddie actuar y hacerse su idea del personaje a partir de ahí, sin intermediarios. Me pareció bien.

—Sí, lo dije yo, pero tú introdujiste los cambios en el texto sin dudarlo un momento. Fue como si tú también lo hubieras pensado.

Sintonía.

A veces sueño que me voy sumergiendo en el mar. No nado, no me muevo. Simplemente mi cuerpo va bajando cada vez más hacia lo profundo, hacia lo oscuro, hacia lo silencioso. Y me dejo ir.

Atonía.

Me hundo sin oponer ninguna resistencia, sin sentir miedo. Solo miro. Aquella noche, una buena parte del descenso lo hice entre ballenas. Tres o cuatro ballenas a pocos metros de mí. Yo iba bajando espectral hacia el fondo marino entre inmensos cuerpos, entre hipnóticas y legendarias moles de vida.

Le pregunté a Ástrid si tenía algún otro proyecto teatral. Quizá para el año que viene.

Un día, abrí la puerta de mi casa y escuché la voz de mi hijo. Reconocí la melodía que él canturreaba y temí por mí. El temor veló por un instante la molestia, el leve dolor que llevaba unas semanas sintiendo en la parte izquierda del abdomen, justo debajo de las costillas. Sabía cómo iban a ser los meses siguientes porque los había vivido anteriormente en dos ocasiones: un malestar físico se había hecho perceptible y llamaba mi atención. Al principio simplemente lo notaría, de vez en cuando me daría cuenta de que está ahí. Iría viviendo con esa incomodidad, el dolorcillo que aparecería y desaparecería, y al cabo de un tiempo empezaría a preguntarme por él: ahora diría que no lo noto; ¿está ahí? ¿A ver? Pues no. ¿Y ahora?... Sí, sí, ahí está, apenas perceptible, pero si me fijo, si voy a buscarlo, lo encuentro. Llegarían las primeras explicaciones: es flato; parece muscular, igual hice un mal gesto; será la digestión... Luego comenzaría a indagar en qué situaciones lo siento: cuando estoy en la cama, por la noche, antes de dormirme, pero no cuando estoy activa, caminando, trabajando. Hoy sí, hoy también mientras ando por la calle, ¡hum!

Todo lo demás, todo lo que no fuera esa sensación sorda y persistente, empezaría a perder brillo, a difuminarse y a alejarse de mí como se aleja la tierra firme cuando zarpamos del puerto en un barco. El cuerpo, una pequeña zona de mi cuerpo, reclamaría toda mi atención. Empezaría a dormir peor. Un día oiría algo acerca de una enfermedad terrible, en la radio, en el metro, en una conversación en el trabajo, y esa sería la explicación definitiva, el diagnóstico. Fatal. A partir de ahí viviría un tiempo de espanto en aumento y desbordado hasta que las sucesivas visitas al médico y las consiguientes pruebas, a cuyos resultados me enfrentaría con terror, me convencerían de aquello que ya sabía: que a mi cuerpo no le ocurría nada grave, nada de qué preocuparse.

En ese tiempo que pasaría secuestrada por mi cuerpo, en una relación borrosa e irreal con el resto del mundo y con mi vida, imaginaría mi muerte, experimentaría el sufrimiento previo, pensaría en el dolor que mi padecimiento y mi muerte causaría a mi familia y sobre todo pensaría mucho en Pablo, en todo aquello de lo que mi ausencia lo dejaría huérfano. No se me ocurre otro verbo más que ese: pensar, aunque ese tránsito mental obsesivo y enfebrecido por los circuitos cerrados del miedo que devora toda mi energía es una forma degenerada y estéril de pensamiento. Al margen de ese impensar o despensar, que me ocuparía días y noches, solo quedaría, en el espacio del miedo donde viviría, un resquicio para la vergüenza y para el silencio hermético que habría de proteger a quienes me quieren de la preocupación, y a mí de la vergüenza.

Cuando aquel día abrí la puerta y escuché la voz de mi hijo, llevaba semanas huyendo de los cantos de sirena de mi cuerpo: Si todo lo que hay ahí fuera te resulta demasiado difícil de vivir, si te desasosiega o te angustia demasiado, ya sabes que yo puedo librarte de todo ello y atraer hacia mí toda tu atención. Sí, es cierto que sufrirás miedo a morir, una angustia aún más intensa que la que ahora vives, pero todo lo demás, todo eso que te está ocurriendo y que te cuesta tanto asimilar, se desdibujará. Porque tú tendrás que atenderme exclusivamente a mí, a este dolor leve, a esta molestia, a esta sensación huidiza.

En dos ocasiones había sucumbido a ese reclamo mórbido, al *miedo peor que lo temido*, en el verso de Carlos Barral. La primera, unos meses después de que Jaime me dejara; la segunda, al poco de ingresar en el precariado. Esta vez no. No estaba dispuesta a dejarme vencer. Escribía. Más me valía escribir. Iba a pedir hora con el médico inmediatamente. Iba a afrontar lo que me tocaba vivir sin distracciones ni subterfugios. No escucharía cantos vanos.

De los tres personajes de las historias antiguas que vivieron el encuentro con las sirenas durante su travesía, de esos tres navegantes, uno, Ulises, se hizo atar al mástil del barco después de tapar con cera los oídos de sus acompañantes y de ordenarles que por mucho que se lo pidiera no lo desataran, y resistió así la atracción de las voces; otro, Butes, se lanzó al agua a por el misterioso conocimiento que los cantos de las sirenas prometían, y finalmente Orfeo empezó a tocar una música que se superpuso y silenció a la de las sirenas.

Yo hablaría, yo escribiría y acallaría los cantos de sirena de mi cuerpo.

—¿Pero dónde vives ahora la mayor parte del tiempo?

—Con los niños perdidos.

—¿Quiénes son?

—Los niños que se caen de sus cochecitos cuando la niñera está mirando a otro lado. Si nadie los reclama en siete días, son enviados lejos, al País de Nunca Jamás para sufragar gastos. Yo soy su comandante.

—¡Qué divertido debe de ser!

—Sí —dijo Peter con astucia—, pero estamos bastante solos. No tenemos compañía femenina, ¿sabes?

—¿Es que ninguno de los otros es niña?

—Oh, no; las niñas son demasiado listas para caerse de sus cochecitos, ¿comprendes?

J. M. Barrie
Peter Pan

2

Al escribir, phablo y nuevos recuerdos comienzan a emerger como destellos luminosos repentinos e incontestables. Después de la marcha de Jaime, el niño Pablo siguió ocupando el sofá durante muchas horas al volver del colegio y durante los fines de semana que estaba conmigo. Leía. Era inquieto y no dejaba de moverse. Con el libro delante iba cambiando de posición: sentado, tumbado bocabajo, tumbado bocarriba con los pies encima del respaldo del sofá —entonces me acercaba y le hacía cosquillas y nos reíamos un rato—; bocabajo con la cabeza fuera del sofá y el libro en el suelo; él sentado en el suelo con la espalda apoyada en el borde del sofá, y otra vez sentado en el sofá... Una vez, debió de ser años más tarde porque recuerdo que fue una salida nocturna, fuimos al teatro a ver un espectáculo de la compañía canadiense de circo Los 7 Dedos de la Mano. Uno de los números mostraba a una joven que leía un libro en un sillón orejero y que iba ocupando las posturas más inverosímiles para leer. Sobre el escenario, también el sillón cambiaba de postura: giraba, se ponía patas arriba... Pablo y yo nos miramos y sonreímos: ¡era él!, los dos lo vimos enseguida. Sí, para entonces él ya se había mudado a su habitación, donde seguía leyendo y jugando con los clics. Luego leyendo y jugando a videojuegos. Pasaba cada vez más tiempo en su cuarto. Pensé que se acercaba la adolescencia y me puse a esperar el resto de lo que creía que iba a llegar: la rebeldía, la transgresión, el grupo, la pasión por cambiar el mundo, los ideales, las salidas nocturnas hasta más allá de la hora fijada para el regreso a casa, las primeras parejas… pero nada de eso llegó. La habitación sí se fue llenando de sus libros, sus muñecos y sus pósteres. No tuve la impresión de que se encerrara allí: la puerta permanecía entreabierta y Pablo salía todos los días normalmente para comer, para ir al colegio y después al instituto o para salir a hacer algo fuera de casa los fines de semana que pasaba conmigo… Quizá ya se había ido encerrando antes de muchas otras maneras: dentro de un libro, debajo de las capuchas de las sudaderas, en el silencio. Quizá más que un encierro era un refugio: el refugio de un niño sensible.

Un fin de semana me quedé sola en casa. Pablo estaba con su padre y Ástrid se había ido a pasar unos días fuera. Ya se notaba la proximidad del verano y apetecía estar al aire libre, pero decidí que iba a adelantar trabajo. Tenía una formación que preparar y un artículo por revisar. Además, el verano era el periodo en que menos dinero ingresaba, y prefería no gastar más de lo necesario. Hacía tiempo que no estaba sola en casa y me ilusionaba el plan de reapropiarme del espacio e ir pasando las horas a mi ritmo: empezar el día con un desayuno bien lento, poner la radio cuando quisiera y al volumen que quisiera, comer cuando tuviera hambre y lo que me apeteciera, pasar el tiempo que me diera la gana en el cuarto de baño, tomarme una copa de vino al final del día, cuando terminara de trabajar. Pablo iba a estar con su padre y Ástrid con unos amigos: yo iba a poder despreocuparme de temores y sospechas. Me despedí de mis compañeros de piso el viernes a última hora. Había planificado los dos siguientes días de modo que tuviera tiempo para trabajar, pero también ratos de descanso, y mi fin de semana comenzó tal como lo había previsto: con una cena ligera y un rato de lectura en el sofá.

El sábado me levanté a la hora que quise, descansada y con ganas de hacer lo que había planeado. Desayuné con calma y dispuse papeles y ordenador en la mesa de la cocina donde iba a trabajar. El artículo estaba bien y el tema era interesante: la obra de dos jóvenes fotógrafas catalanas; no me costó redactar el informe. En cuanto a la formación, trabajo rutinario: los materiales, la presentación… Podía dejarlo para el día siguiente. Comí muy tarde y pasé otro rato tumbada en el sofá con la novela que estaba leyendo y el libro de cuentos que me había pasado Marta un par de meses atrás para que le dijera qué me parecía. Era muy bueno; ahora por fin se lo podría decir. Me había sorprendido, a pesar de todos los años que llevaba leyéndola.

Llamé a Pablo antes de servirme la copa de vino. Él también había pasado un buen día. Sí, los dos, él y su padre.

El día siguiente era domingo. El lunes proyecta una pesada sombra sobre las horas del domingo; es inevitable, no hay nada que hacer. Después de recrearme en el aseo mucho más de lo que hubiera hecho de no haber estado sola, me apeteció desayunar leyendo la prensa, pero no los titulares de la prensa digital, sino un periódico en papel con el apresto de sus hojas nuevecitas y el olor a tinta. Me vestí y salí a comprarlo. Desde el vestíbulo, antes de salir, vi que la puerta de la habitación de Ástrid estaba ajustada. Esa imagen me llegó como un mensaje apenas descifrado, apenas comprendido.

Volví con el periódico y me senté a desayunar sin prisa. Pero el desayuno no fue como el del día anterior porque de vez en cuando me asaltaba la imagen de la puerta entornada de la habitación de Ástrid y poco a poco esa imagen fue convirtiéndose en una intención: iba a entrar en la habitación. En el fondo, pensaba sin decírmelo todavía de un modo claro, no era nada extraordinario: había entrado en la habitación de Ástrid un par de veces desde que se había instalado; una porque ella me había llamado por teléfono para pedirme que le diera una dirección que tenía apuntada en un papel encima del escritorio y otra, un día en que nos enseñó a Pablo y a mí en la pantalla de su ordenador las fotos que había hecho cerca de donde vivía en Helsinki. Ya había entrado: ¿para qué iba a entrar ahora?

En el fondo, entrar en el cuarto de Ástrid tampoco era algo extraordinario, me repetía.

Entré. Dejé la puerta abierta detrás de mí y entré. Me quedé parada en el centro de la habitación. Era mi espacio. Eran mis muebles. Pero era la habitación de una persona ajena a mí y a mi familia, y el tiempo que ella llevaba allí había significado un cambio paulatino: Ástrid había puesto su propia colcha en la cama y había sustituido las cortinas por otras. También había colgado algunas acuarelas en la pared. Todo eso ya lo había visto. Bastaba un vistazo rápido al entrar desde la calle y saludar cuando ella estaba en la habitación con la puerta abierta para verlo. Lo que quería ver ahora era todo lo demás, lo que solo se puede observar con tiempo y con atención, deliberadamente. ¿Qué libros, qué objetos, qué fotografías había colocado en las estanterías? ¿Qué tenía sobre el escritorio? ¿Eran suyas las acuarelas que había colgado en la pared?

Tres de las acuarelas eran suyas. En una, un lirio en un jarrón de cristal. En otra, un paisaje, como un desfiladero. En la tercera, un torso de mujer. Eran muy delicadas y mostraban un buen dominio de la técnica. Me di cuenta de que hubiera preferido que no fueran tan buenas. Estaban firmadas a lápiz con una pequeña firma de letra puntiaguda. Debajo de la firma estaba el año. Veinte años separaban la más reciente de la primera: no era una aficionada ocasional a la acuarela.

Sobre el escritorio, junto al ordenador, tenía algunos papeles y varios portalápices con lápices de colores y pinceles de acuarela, de los clásicos y de los que tienen un depósito para el agua. No abrí los cajones. No encendí el ordenador. No iba a traspasar ciertos límites; solo iba a mirar lo que estaba a la vista. En la estantería me llamó la atención una fotografía en la que se veía a tres chicas. Una de ellas, la de la derecha, era Ástrid. Debía de tener unos veintitantos años ahí. Sonrisa franca y ojos vivos. Era la más alta. Tres mujeres contentas de estar juntas, abrazándose en confianza para la foto en un prado, en un día de verano.

Iba a fijarme en los libros cuando mi mirada se encontró con un objeto. Era un pequeño caballito de hierro, una representación estilizada de un balancín infantil, de los que tienen forma de caballo. La parte delantera, la de la cabeza, pesaba más que el resto de modo que la figura no se mantenía en equilibrio, sino que se inclinaba hacia delante. Yo le había regalado ese caballo a Pablo hacía unos diez años. Lo había comprado mucho antes de que él naciera en un mercadillo en París y a él le había gustado desde bien pequeño. Lo habíamos llamado Troy, por el caballo de la guerra de Troya. Ese caballo llevaba años en un estante en la habitación de Pablo, desde que se lo había regalado. Fui a comprobar que ya no estaba allí: hubiera sido demasiada casualidad que Ástrid tuviera uno igual a aquel que yo compré como recuerdo de unas vacaciones. No estaba, claro.

Volví al cuarto de Ástrid, furiosa. Evitando al caballo, que no quería ver allí, empecé a buscar algo que pudiera llevarme, algo que pudiera robarle. Lo escondería en el fondo de mi armario. Algo no muy grande y que no estuviera muy a la vista. Si ella preguntara por ese objeto, yo simplemente negaría haberlo visto alguna vez. Había una concha, también una pequeña estatuilla africana al fondo de la estantería… ¡Sí, esa! Alargué la mano hacia ella y la cogí con dos dedos para sacarla del espacio que ocupaba entre dos libros. La saqué. Pesaba bastante para lo pequeña que era.

Salí del cuarto y avancé hacia el pasillo para meter en el armario de mi habitación la figura fría y pesada que llevaba en la mano. Me detuve ante la puerta que daba al pasillo y apoyé la frente en el vidrio emplomado. Intenté calmarme. ¿Qué estaba haciendo? ¿Qué iba a ganar con tener esa cosa metida en mi armario? ¿Vengarme de Ástrid? Tuvo que ser Pablo quien le regaló el caballito. Volví atrás y dejé la estatuilla donde estaba. Entorné la puerta al salir.

Ya está escrito. Pronto, las hojas dentro del cajón, el breve desplazamiento de fuera adentro y el tac del contacto con el fondo del mueble.

Volvería a entrar otras veces en el cuarto de Ástrid cuando ella no estuviera en casa, pero las nuevas incursiones no me causarían tanta vergüenza y tanta culpa como la del día en que descubrí que Pablo le había regalado a Troy.

Cuando salí de la habitación de Ástrid aquel domingo se me movía el suelo bajo los pies. Los cimientos de quien yo era se tambaleaban. Mi sensación de derrumbe se debía a la pena que me había causado ver al caballito allí. La furia que también me invadía me zarandeaba, aunque me hacía sentir un poco más fuerte y más viva que la pena. Acabé como pude el trabajo que tenía que terminar, con constantes interrupciones. A cada rato me distraía un recuerdo doloroso, un pensamiento exacerbado y casi demencial, una emoción irreprimible o una sensación de debilidad, de desamparo. Estuve a punto de llamar a Marta, pero no lo hice: cuando pensaba en lo que necesitaba decirle, me parecía que era tan banal como incomprensible.

Se acercaba la hora en que Pablo o Ástrid podían volver y entonces dejé una nota en la mesa diciendo que tenía dolor de cabeza, que nos veríamos al día siguiente, y me metí en mi cuarto. No me sentía capaz de verlos, a ninguno de los dos. Intenté calmarme, pero sabía que me esperaba una noche difícil de rumiación obsesiva y seguramente estéril.

Los oí llegar. Primero a Pablo —buenas tardes, tristeza— y mucho más tarde a ella. Me hervía la sangre. Con el cuerpo tan acelerado no me iba a poder dormir en mucho rato.

Llevaba años tratando de convencer a Pablo de la importancia de tener amigos, estar con ellos, intercambiar puntos de vista, charlar hasta no poder más, compartir experiencias. Habíamos hablado muchas veces de que era necesario dejar la habitación y las pantallas y salir al mundo, conocer la realidad real y dejar ya atrás la virtual. Ahora mi hijo parecía haber congeniado con alguien y yo debería alegrarme, pero no me alegraba. O sí: me alegraba de que se llevara bien con la persona que me había alquilado la habitación, pero no soportaba que fuera ella quien estaba logrando que Pablo se decidiera a vivir.

A vivir, digo. Phablo y digo que mi hijo se decidía por fin a vivir. Pero no estoy segura de lo que realmente sé sobre vivir. También me pregunto qué se supone que habría estado haciendo hasta el momento de tomar esa supuesta decisión si no es vivir. Si mis expectativas se cumplieran en la vida de mi hijo, tal vez lo estaría condenando a una vida a la que la mía podría superponerse, y el de mi vida no puede ser el único trazado válido para una vida. Ni siquiera me planteo si mi vida sigue un recorrido válido. Hay que vivir. Seguramente tampoco debería pensar así en la vida de otra persona, de mi hijo.

La vida de mi hijo. Tener un hijo me ha proporcionado momentos de sentido pleno, de vitalidad completa. Después del parto, las hormonas me llevaron hasta lo más próximo que he conocido a la felicidad orgánica, total. Luego llegó también el cansancio, claro. Y los temores actuaron: no volcarse demasiado en ese cuidado, no convertir a ese hijo en el único centro de interés de la propia vida para no asfixiarlo y, lo que es probablemente lo mismo, para no acabar siendo una madre que no es nada sin su hijo. Om Saulo. Como si esa fuera una trampa de la que si una cayera por un momento ya no pudiera salir nunca más. Habría que seguir pensando en el trabajo y en los cursos, no solo en el hijo, para no cargarlo con un exceso de atención. Me decía que el amor en el que merece crecer un niño no pesa, no se nota, no tiene un precio; la atención, que pronto se vuelve preocupación y expectativa, sí. Conocía el peso de la atención. De niña no soportaba escuchar a mis padres o a mis abuelos hablar de mí a otras personas. Era como si las palabras de los demás al hablar de mí me cargaran con un exceso de identidad. Cuando pasé de la escuela a la universidad, sentí el alivio de no ser nadie.

Qué alivio ~~no~~ ser nadie, como esconderse a leer sobre los héroes clásicos en una tienda de campaña. De niña me encantaba la estratagema de Ulises para salir junto con sus hombres de la cueva de Polifemo: cuando el cíclope le pregunta su nombre, el Astuto le dice que se llama Nadie. Mi nombre es Nadie; y Nadie me llaman mi madre, mi padre y todos mis compañeros. Más tarde, cuando los hombres de Ulises lo atacan y lo dejan ciego, Polifemo pide ayuda a los otros cíclopes, gritando que Nadie lo está matando con su engaño; entonces los cíclopes creen que se ha trastornado y no acuden a ayudarle. Ulises y sus hombres saldrán de la cueva atados al vientre de las ovejas del cíclope ciego, que al palpar el lomo de los animales que salen a alimentarse no percibe a nadie. Nadie. Yo siempre había querido ser un poco más nadie. Pero también quería que mi hijo viviera de una cierta manera, y ser yo quien le transmitiera el deseo de vivir así. Era mucho querer. Seguro.

Durante los años en que Jaime, Pablo y yo convivimos, no fui consciente de ese tipo de deseos. No me pareció peligroso querer mientras fuimos tres. Sin ser demasiado consciente, notaba que lo que yo quisiera de mi hijo sería de algún modo compensado por lo que quisiera Jaime, que sería distinto. Pablo no quedaría atrapado en mi deseo, enredado, porque había en juego otro deseo que relativizaba el mío.

—Pablo no parece tener muchas ganas de ir de colonias con el cole…

—¿No? A mí me ha dicho que quiere ir.

—Pues yo no lo veo nada ilusionado.

—Es normal: no se hace a la idea de lo que son las colonias. Lo pasará bien, ya verás.

Cuando Jaime se fue, un delicado equilibrio se rompió para mí. El deseo de Jaime dejó de trenzarse con el mío. Quedábamos en casa Pablo y yo y mis expectativas. Claro que cambió el olor de nuestra casa al irse Jaime.

El miedo huele.

Una noche, pocos días después de entrar en la habitación de Ástrid, me desperté inquieta en mitad de un sueño. Estaba en una casa con varias personas: amigos, creo, y amigos de amigos. Conversábamos alrededor de una mesa. El tiempo parecía transcurrir sin prisas. La luz iba menguando. De pronto empecé a sentir cada vez más ganas de hablar a solas con el hombre que tenía enfrente. Confiaba en que podríamos hablar; era importante, pero súbitamente él se marchaba, sin más. Para mí no tenía sentido seguir allí, pero tampoco podía irme, no sé por qué. Entonces me desperté. Empecé a dar vueltas en la cama. No lograba volver a dormirme. Fui a la cocina a beber un vaso de agua. Era poco más de la una; apenas había dormido. Me senté un momento en el sofá para tratar de calmarme antes de volver a la cama. Oí un ruido: pasos. Ástrid entró. Yo llevaba unos cuantos días esquivándola. Demasiadas cosas calladas me pesaban dentro como para poder estar cómoda con ella. Dijo que acababa de ver una película y se iba a acostar. Me preguntó si no podía dormir.

—Tú no sueles alargar hasta estas horas.

La seguridad con la que hizo esa afirmación me molestó. Si empezábamos a hablar, me desvelaría.

—No, me he despertado y me cuesta volver a dormirme, pero me voy a la cama ya mismo.

—Tengo unas hierbas que van muy bien; si quieres te hago una infusión.

—Gracias, pero mejor me acuesto ya. Buenas noches.

No quería nada de ella.

Abrí la puerta y escuché la voz de Pablo, que tarareaba la pieza que unos días atrás una mujer que yo había metido en nuestra casa escuchaba en su habitación. Diminutos cristales de un temor que albergaba empezaron entonces a atenazarme la garganta y la boca del estómago, y luego fueron creciendo en mí hasta lacerarme por dentro como cuchillas. Cada vez me daban menos tregua. Las notas de esa pieza en cualquier momento empezaban a sonar en mi mente, mientras lavaba los platos, en el camino al trabajo, antes de dormirme. Vidrios punzantes.

El fin de semana después del encuentro nocturno con Ástrid, mientras yo volvía a casa con la compra, *Ombra mai fu* empezó a sonar una vez más, muy bajito, casi inaccesible, como en algún lugar detrás de mi conciencia. Traté de reproducir mentalmente otras piezas, traté incluso de cantar. Comprobé que el truco funcionaba durante unos minutos. Ya en casa, antes de ponerme a colocar la compra en su sitio, encendí el aparato de música. Busqué la *Suite para una orquesta de variedades* de Shostakóvich y la puse a un volumen bastante alto para asegurarme de que barriera de mi cabeza cualquier rastro de la otra pieza. Al empezar el vals me di cuenta de que era esa la música que quería que volviera a sonar en mi casa. Ya no dolía que Jaime no estuviera, y lo que yo necesitaba era que Pablo oyera de nuevo ese vals, que se diera la posibilidad de que mi hijo saliera de su habitación, se me acercara y me alargara las manos para que comenzáramos a dar vueltas al son de la música, cogidos con fuerza, con sus pies y mis pies casi tocándose por las puntas, los brazos estirados, nuestros cuerpos inclinados hacia atrás, cada vez más deprisa. Cantar y reír, como tantas veces, aunque ya no se unieran seis manos, sino solo cuatro, y solo dos voces y dos risas. Pero Pablo no salió de su cuarto. Me serví un Martini y empecé a hacer la comida.

Más tarde Ástrid dijo que se iba y que no volvería para cenar. Poco después de que se marchara yo también decidí salir a estirar las piernas. Le pregunté a Pablo si quería venir, pero esa vez él dijo que no, que tenía tareas para el instituto. Cuando volví, me instalé en la mesa de la cocina a trabajar un poco. Apenas lograba concentrarme. Al rato pensé en acercarme a la puerta de cristales emplomados, apoyar la frente en el cristal azul y golpear insistentemente el verde con la uña de mi dedo índice, pero no me atreví.

Abrí la puerta y escuché la voz de Pablo, identifiqué lo que cantaba y me sentí en peligro. Que abrir la puerta de la propia casa es un gesto cargado de riesgos lo había experimentado años atrás, una noche en que entré y me encontré a Jaime sentado en el sofá esperándome para hablar conmigo. Acababa de llegar de un viaje de trabajo y me soltó que se había enamorado. Eso le había ocurrido: se había enamorado, algo inevitable, como si una fuerza cósmica le hubiera lanzado hacia alguien sin que él pudiera oponer la menor resistencia. Se había enamorado. Así me lo planteaba: él no había hecho nada, sino que algo le había sucedido. Lo sentía, lo sentía mucho, pero nada podía hacer. Nada salvo acudir a esa llamada del amor, o del destino, o de lo que fuera que él viera ahí. Yo no creía en el amor eterno, pero sí en el compromiso con la pareja y, en nuestro caso, con un proyecto de familia que me parecía sólido y lleno de sentido. Educar a Pablo, nuestro hijo, que tenía ocho años entonces, acompañarlo hasta que emprendiera su camino por el mundo. Apoyar al otro de la pareja en su desarrollo personal y profesional. Compartir una casa cómoda, cuidarnos, disfrutar juntos del tiempo libre y de las vacaciones… Lo que veníamos haciendo. Yo creía en nuestro proyecto. Y pensaba que el enamoramiento poco tenía que ver con todo eso. También yo me enamoraba, de alumnos, de compañeros de trabajo, de amigos, de lugares, de situaciones… pero eso no hacía sino fortalecer mi compromiso con mi familia. Seguía enamorada de Pablo como siempre desde su nacimiento, y en muchos momentos también de Jaime. Cuidaba de ellos, me importaba mucho su bienestar.

Permanecí serena. Traté de compartir mi visión con Jaime, de convencerlo de que tenía que tomarse un tiempo para pensar y valorar sus alternativas, una opción y la otra, pero sabía que eso no iba a servir de nada. Ya no. Me sentía dolorosamente traicionada. Jaime ya no estaba con Pablo ni conmigo; había desembarcado y estaba a punto de subirse a una nave con otro destino. A partir de entonces, Jaime solo iba a ocuparse de nosotros económicamente, y no mucho, porque en esos años yo ganaba más dinero que él. No hubo dramas. No gritamos ni nos echamos nada en cara. Yo fui asumiendo que hacía tiempo que había perdido a Jaime; solo así él podía haber quedado a merced del enamoramiento. Lamenté no haberme dado cuenta antes. Lamenté que él no me hubiera mencionado la pérdida de la ilusión y de las ganas de seguir adelante cuando todavía hubiéramos podido hacer algo.

Jaime no me deseaba ningún mal, pero quería mi vida fuera de su vida. No tuvimos que pleitear por las horas de visita o por el dinero de la manutención de Pablo. Todos esos aspectos organizativos y prácticos fueron todo lo fáciles que podían ser. Pasarían juntos un fin de semana de cada dos, pero, de momento, no le iba a hablar a Pablo de Rubén, su nueva pareja.

—De momento, no. Más adelante, ya le explicaré.

Sophie Calle recibió un mensaje de ruptura de G que terminaba con las palabras "Prenez soin de vous", algo así como "Cuídese mucho". La artista decidió seguir la recomendación de G y como un modo de cuidarse pidió a más de cien mujeres que leyeran el mensaje que él le había escrito, cada una desde su perspectiva y desde su bagaje. La lectura de la lingüista, la de la abogada, la de la actriz, la de la psiquiatra, la de la grafóloga, la de la payasa, la de la traductora, la de la bailarina, la de la correctora... El resultado de ese gesto de cuidado es una colonia de lecturas de un mismo mensaje que desvela lo que el mensaje contiene sin decirlo, es un mensaje que se convierte en un caleidoscopio. El resultado es una de las mejores obras de Calle. A mí, que admiraba aquel trabajo, me habría encantado proponer a unas cuantas mujeres que reprodujeran las palabras que me dijo Jaime al volver de su viaje: "Tenemos que hablar. Me ha pasado una cosa: me he enamorado". Él las dijo con un incontestable brillo en los ojos y la emoción agarrada a su voz, serio, como quien dice algo de mucho peso, revelador. Si no se hubiera tratado de Jaime, si ese enamoramiento no hubiera tenido que ver conmigo, me habría puesto a reír a carcajadas, doblada por la mitad y sujetándome la tripa. Me habría gustado escuchar esas mismas palabras en boca de otras personas; seguro que algunas de ellas habrían puesto de manifiesto hasta qué punto eran ridículas, una broma. En ningún caso explicaban nuestra ruptura, sino que aludían a un suceso de otra dimensión, de un mundo con una lógica sentimental, adolescente, bien distinto del mundo en que nosotros habíamos vivido.

La relación que entonces Jaime empezaba duraría más o menos el mismo tiempo que duró la nuestra. Años más tarde entendí que Jaime rompió conmigo por una cuestión de ritmo: su compromiso con sus parejas dura unos diez años. Yo en aquel momento no lo sabía y durante un tiempo el dolor de la ausencia de Jaime fue grande y oscuro, y no podía dejar de preguntarme por lo que había hecho mal, por cómo había provocado que se alejara de mí.

Él no había hecho nada, simplemente se había enamorado de otra persona; yo sí había hecho algo: lo había perdido y había dejado a mi hijo sin la familia en la que había vivido hasta entonces. Jaime no se responsabilizaba de la ruptura: a él le había sucedido algo inevitable e irresistible.

Tenemos que hablar.

Me ha pasado una cosa.

Me he enamorado.

Yo asumía, pues, la responsabilidad.

Tenemos que hablar.
Me ha pasado una cosa.
Me he enamorado.
Tenemos que hablar.
Me ha pasado una cosa.
Me he enamorado.
Tenemos que hablar.
Me ha pasado una cosa.
Me he enamorado.
Tenemos que hablar.
Me ha pasado una cosa.
Me he enamorado.

Todos los textos esconden más de lo que revelan.

Tenía que terminar el que yo estaba escribiendo y meterlo en el fondo de un cajón. Encerrarlo en el fondo del fondo de un cajón. Empujar y tac. Línea y punto final. _______________ . Y punto. Final.

Ombra mai fu
di vegetabile
cara ed amabile
soave più.

Una sombra querida y amable, la más suave sombra que nunca haya dado un árbol.

Una proyección apenas existente, a expensas del árbol y de la luz.

No quería ser eso.

No quería escribir así.

Abrí la puerta, escuché la voz de mi hijo y entré en un tiempo difícil. La situación con Ástrid me asfixiaba y yo trataba de demorar todo lo posible mi llegada a casa. Unos días antes de salir a cenar con mis amigas, en el camino de vuelta después del trabajo, vi un vestido en el escaparate de una tienda. Me gustó y no era caro. Entré, me lo probé y me lo compré. No solía hacer eso: ir de compras nunca había sido para mí un modo de sentirme mejor, pero ese día salí de la tienda más contenta que cuando había entrado.

Al llegar a casa saqué el vestido de la bolsa para enseñárselo a Pablo. No, no, mejor me lo ponía, que quedaba mejor puesto de lo que parecía así en la mano. Me lo puse y fui hasta su habitación.

—¿Qué te parece? Me lo acabo de comprar para la cena del viernes…

—Sí, muy chulo. Ese naranja es muy alegre…

La expresión de Pablo mostraba su extrañeza.

—¿Qué pasa?

—No, nada, nada, que es chulo… y te queda bien, pero no es tu estilo… Es más bien del estilo de ropa que lleva Ástrid, ¿no?

Pues sí. Tenía toda la razón.

—La misma frase que decía mi madre y que han dicho seguramente todas las madres me la repito sin parar, una y otra vez: Yo todo lo que quiero es verlo feliz. Se la he dicho a él también, claro, yo solo quiero verte feliz, y él me mira sin decir nada, serio, pero con una mirada amable. Y cuanto más la pienso, menos me gusta esa frase. No me la creo para nada. ¿Es lo único que quiero? Si es así, si es mi único deseo, la frase se convierte necesariamente en una presión para él y para cualquiera a quien se la digan. Ya sabemos qué es el peso del deseo de la madre, ya lo hemos hablado otras veces... Y la felicidad, que también está en la dichosa frase, como si fuera algo que se puede ver, bien perceptible, como si tuviéramos claro quién a nuestro alrededor es feliz y quién no porque eso se pudiera ver. Y sobre todo ese "ver" de la frase: yo quiero ser testigo de tu felicidad, presenciarla, tener constancia de tu felicidad, que según la frase debe reservarme un lugar de espectadora, ni más ni menos. ¿Cómo voy a ver yo la felicidad de mi hijo? En todo caso estaría viendo a mi hijo vivir como yo creo que yo viviría feliz, estaría viéndolo reproducir escenas de mi propia felicidad. Eso que supuestamente me haría feliz a mí sería lo que podría interpretar como felicidad si lo viera en la vida de mi hijo.

—Sí, muchas… muchas vueltas le he dado, es verdad…

—Ya, claro, pero es que me doy cuenta de que llevo años tratando de empujarlo hacia lo que yo misma he luchado por conseguir: que tenga más amigos, más vida social, pareja, conversaciones, planes con otros. Que salga de su habitación y aparte la mirada de la pantalla, vamos, que me mire, que me cuente, que me pregunte... Son años haciendo de puente entre él y el mundo, pidiéndole que hable más, que salude más, que se comunique más con las personas, que dedique menos tiempo al ordenador. Es mi tarea, ya conocéis a Jaime, y todo eso no le preocupa. Y ahora resulta que quien va a lograr con éxito esto por lo que tanto me he esforzado es esta desconocida que acaba de llegar y que ni siquiera tiene ningún interés en conseguirlo...

—No, de verdad que desde que ella llegó todo eso parece hacerlo con gusto, sin mayor problema: cuando ella entra en casa, él la saluda desde su habitación. Muchas veces sale de su cuarto y conversan o escuchan música. Y no soporto verlos juntos. Me hierve la sangre cuando los encuentro charlando en la cocina. Y no solo se relaciona con ella, es que además sale, vuelve a encontrarse con amigos a los que hacía tiempo que no veía...

—Sí, sí, pero me alegro y me cabreo a la vez. Ella ha conseguido en pocos meses lo que yo no he logrado en años. Siempre estoy pensando en lo que he hecho mal, preguntándome dónde enganchar mi hijo a la vida...

he fallado, qué es lo que no he sabido hacer… ¡pues imaginaos ahora!

—Ya, eso es cierto, sí, las decisiones de mi hijo no dependen de mí hasta ese punto, que no tengo tanto poder, pero una cosa es lo que entiendo y otra muy distinta, lo que siento. Me duele no haber sido capaz de enganchar a mi hijo a la vida. Me doy cuenta de que llevo un montón de años con la presunción de que solo yo podría hacerlo cambiar, un montón de años viéndolo perdido en el mundo, incapaz de relacionarse con la gente…

—Yo no me deprimo, pero esto me está desquiciando: apuro la hora de salir de casa cuando me voy a trabajar y vuelvo pitando cuando acabo porque no quiero facilitarles ocasiones de estar juntos. Os lo cuento y me muero de vergüenza. No se lo he dicho a nadie. Es la primera vez que lo cuento. Me siento una completa idiota, pero es superior a mí. Por eso os he estado dando largas con la cena, por eso la hemos aplazado tantas veces… dos…

—No, de pasta voy algo mejor ahora.

—Es que no es fácil, no te preocupes, lo entiendo, claro y vaya rollo os estoy pegando. Estos días me acordaba de los Niños Perdidos.

—Sí, esos, los de Nunca Jamás. He pensado muchas veces en mi hijo como en un niño perdido. Trato de imaginarlo de adulto manejándose en el mundo y lo veo desamparado, necesitado, desorientado, buscando refugio constantemente…

—Ya: venga a jugar, a disfrazarse, a pelear, pero en esos momentos en que se hace presente la fragilidad, como antes de irse a dormir, ¡bien que necesitan que alguien les lea un cuento!

—Los niños perdidos no dejan de ser niños muertos, o niños no nacidos... Estos días he llegado a pensar que Pablo podría morir ahora y habría vivido una vida corta convertida por su madre ansiosa en un proyecto siempre por mejorar. Me cuesta verme así. Imagino también que Pablo no hubiera nacido y acabo pensando que tal vez hubiera sido mejor que yo no hubiera tenido hijos. Como si no hubiera debido o como si hubiera debido saber con certeza que no debía o que no estaba preparada.

—¡Pues claro que soy yo la que estoy perdida, y la que necesita que le cuenten cuentos felices en esas horas largas de intentar dormir sin poder dejar de pensar en cómo demonios he llegado a esta situación de mierda!

—Tal vez lo haga, sí, igual lo escribo. Es una buena idea, Marta. A ver si me pongo.

—Sí, claro, lo he pensado, y tanto, pero necesito el dinero y en realidad no tengo motivos para pedirle que se vaya. Es tranquila, respetuosa, discreta, suficientemente amable; es una buena inquilina, la muy... Ella no tiene la culpa de gustarle a mi hijo, de interesarlo, de atraerlo. Ya os digo que soy yo la que lo llevo fatal. Y encima…, encima me doy perfecta cuenta de que su presencia le sienta bien a Pablo.

—Pues no lo sé exactamente. Sé que está prejubilada y que vendió el piso en el que vivía. Pinta acuarelas. Dirige a actores aficionados de teatro. Hace fotografías. El otro día Pablo le estaba enseñando la cámara que le regalé, como si se estuviera animando él también a…

Una mujer sin familia, sin hijos, sin trabajo, con recursos económicos suficientes para vivir la vida que quería vivir. Una mujer que había podido plantearse cuál era la vida que quería vivir y que se lanzaba a vivirla. No era la vida que se vendía en los anuncios, en las conversaciones entre amigos en los restaurantes de moda o en los libros de autoayuda ni era la vida que la mayoría desearía llevar. Esa mujer había podido desmarcarse, trazar su proyecto y dedicarse a él sin necesidad de sumarse a corrientes o prácticas orientalistas o *new age*. No era vegana. No hacía yoga ni chi kung. No guardaba en su habitación un cojín de meditar. No tenía un gurú. No viajaba a los lugares exóticos obligados ni hacía turismo. No se había retirado a un entorno en el que estar en contacto con la naturaleza. No hablaba de su modo de vivir como si tuviera que convencer a alguien de que tiene que cambiar de vida ni como si fuera mejor que el de cualquier otra persona. Hacía su vida, en los dos sentidos de la expresión: la construía y la vivía. Así la veía yo.

Y frente a esa imagen —contra esa imagen— me veía yo.

Como una hormiga. No podía dejar la fila. No podía dejar de trabajar. No podía disfrutar. No podía dejar de actuar como una madre. No podía dejar de mirar a mi hijo. La vida era algo que me iba pasando, pero en modo alguno la elegía o la construía. Houdini y Zampanò, los forzudos escapistas, eran los santos de mi devoción a los que trataba de encomendarme y dirigía mis ruegos.

Las cadenas eran muchas y resistentes. Los trabajos que me llevaban de un lado a otro y que me exigían horas y horas de preparación. La gestión de presupuestos, facturas, cobros y declaraciones trimestrales. La esperanza de no sentir miedo a mirar lo que me quedaba en la cuenta corriente desde la segunda semana de cada mes. El cuidado de Pablo. ¿Desde cuándo no podía dejar de tratar de incidir en la vida de mi hijo, de buscarle campamentos de verano o campos de trabajo y animarlo a apuntarse, de sugerirle que invitara a algún amigo a dormir a casa o que llamara a Mateo para ir al cine o que…? Había llegado a proponerle conversaciones, aunque esperaba no haber alcanzado el punto ese en que el otro —Pablo, en este caso— se echa a temblar al escuchar me gustaría que habláramos. Todas esas formas de atención, pensaba, ¿qué tienen que ver con el amor?

Eddie ama a su sobrina; sin embargo, alguien tiene que morir en *Panorama desde el puente*. Los sentimientos de Eddie le llevan a tomar decisiones para las que no hay vuelta atrás. Alguien tiene que morir. Escribir es matar un poco. Es al menos restarle vida o vitalidad a algo. Algo que actuaba en quien escribe, que seguía teniendo su recorrido y sus efectos, que causaba variaciones anímicas, estados de atención y de tensión, actividad mental y emocional, una vez puesto por escrito pierde una parte de la fuerza, de la vida. Cuaja, se solidifica, se detiene, deja de circular. Punto.

____________________.

Tal como me sugirió Marta, había empezado a escribir sobre lo que estaba viviendo. Invidente, escribía —escribir para ver—, como una tejedora ciega, urdiendo a tientas una tela con los hilos de mi obsesión para atrapar en ella esa obsesión. Escribí para atravesar noches y para detener la náusea de la rumiación. Escribí para recomponerme. Escribí sobre todo para intentar sacar de mí otra yo. Escribiendo trataba de desprenderme de la sombra suave y amable que era y de darme a luz nueva y desconocida, de parirme, de hacerme nacer al mundo. Si lo lograba, conseguiría recuperar a mi hijo. Tenía la certeza de que ese era el reto, y en algún momento vislumbraba la posibilidad de vivirlo como una oportunidad inesperada. Esa certeza me hacía pensar en la soberbia de Aracne, aunque yo me sentía más cerca de una Ariadna extraña que no buscara con su hilo ayudar a Teseo a salir del laberinto tras haber matado al Minotauro, sino mostrarle el camino de salida al mundo al minotauro que ella misma era.

In vidente, invid ente, inviviente, tejía con hilos de palabras aquello que no era capaz de ver más que a través de un vidrio verdiazul, de la masa del agua del fondo marino. Escribía frases que creía pensar, que creía entender, pero me encontraba lejos aún, como un ave carroñera que traza círculos concéntricos a gran altura, muy lejos de la carne palpitante o ya podrida que devorará, de la vida. Con mi texto se entrecruzaban otros textos.

Una amiga de Marta me echó las cartas. Extendió su precioso tapete morado con una araña bordada, y nos preparamos para una tirada sencilla, la de las tres cartas. Primero

Pigmalión

yo tenía que coger las cartas entre mis manos y formular una pregunta que no fuera de respuesta cerrada y que no apuntara a un porqué. La pregunta me salió así: ¿Cómo insuflarle vida a mi relación con mi hijo? Tan pronto la hube formulado sentí que Pigmalión me la soplaba al oído y pude imaginar su sonrisa. La lectora me explicó cómo era la tirada de tres cartas: La que quedara a la izquierda hablaría del pasado. La carta del medio reflejaría la actualidad desde la que yo necesitaba formular la pregunta, los sentimientos, las dudas que me llevaban a formularla. La que quedara a la derecha sería la respuesta a la pregunta, la que de algún modo me indicaría cómo actuar, me orientaría. Entonces, hizo una pausa:

—Tal como has formulado la pregunta, lo que necesariamente hay antes, en el pasado, es una enfermedad o una muerte, algo que llevó a la relación con tu hijo a perder vitalidad o incluso a dejar de tener vida, si no, no sentirías que necesitas insuflarle vida. Pero en el tarot la muerte es cambio, es transformación. Tu pregunta incluye la referencia a la muerte, podemos reformularla como dónde tengo que incluir cambios o transformaciones, en qué me puedo fijar para hacerlo, qué herramientas de cambio tengo... ¿vale? La carta del pasado puede indicarte de dónde viene esa falta de aliento vital.

Cambio, transformación.

Luego la mujer me dijo que mezclara las cartas y me explicó que las que me había dado se llaman los arcanos mayores y son veintiuna más una. Palabras nuevas, un lenguaje nuevo para mí. Un diccionario más completo. Me interesaba.

—Hay veintiuna cartas numeradas y una que no tiene número. La primera, la que lleva el número uno, es el Mago, que es el que empieza a jugar. Los arcanos describen una secuencia o proceso, como un camino que pasa por diferentes estados de las personas, las cosas y las relaciones… La última carta, donde se completa el ciclo o el viaje, es el Mundo. La que no lleva número es el Loco, que es sabio e insensato a la vez y queda fuera de la secuencia. Ahora elige tres cartas y colócalas una a la izquierda, una en medio y una a la derecha.

Escogí la primera. Le di la vuelta: La Muerte. No daba crédito: era como si la lectora me hubiese estado preparando para eso. Saqué la segunda: la Estrella, una carta bonita, luminosa y alegre. La coloqué en medio. Y la última: el Emperador. La miré unos momentos. No significaba nada para mí.

Mis tres cartas: la Muerte (invertida), la Estrella, el Emperador.

A partir de ahí escuché el relato que construyó la mujer como respuesta a mi pregunta. Lo escuchaba desde esa misma distancia desde la que vivía o escribía, como tras un velo de reconocimiento de la belleza poética del tarot y de escepticismo racional.

—La tirada es muy rica —dice ella—, muy variada: tienes en las cartas un ente sin sexo, la Muerte, y dos seres humanos, uno femenino, la mujer de la Estrella, y otro masculino, el hombre del Emperador. Tienes además dos edades: la mujer es joven y el hombre es mayor. Hay dos cartas en las que los seres son activos, las dos primeras, y una en la que no hay actividad física, sino una forma de reposo, de estar. Vamos a ir mirando las cartas una a una y tú puedes ir diciendo lo que ves.

Yo vi en la carta de la Muerte esos pedazos, esos miembros sueltos, esa vida desmembrada de la que había estado escribiendo.

Vi en la carta de la Estrella el agua, la orilla, el ojo en el vientre de la mujer, los árboles y, sobre uno de ellos, lejos, un pájaro negro. Vi el cielo estrellado.

Vi en el Emperador a un hombre sereno, que mira a lo lejos. Vi los pies cruzados, vi el cetro y el águila, el poder.

La adivina incluyó otros elementos en su relato, organizado cronológicamente por las tres cartas.

Primer momento:

—Efectivamente ha salido la Muerte, como nos sugería ya la forma de tu pregunta. Indica que en el pasado ha habido un descalabro o que alguien ha cortado cabezas, una ruptura. Pero como te decía, la Muerte en el tarot habla también de un cambio de ciclo y de una oportunidad de empezar de nuevo. La muerte es en el tarot la desmaterialización y la suprema liberación. No sé si estos conceptos te resuenan de algún modo…

Segundo momento:

—En el presente hay una mujer que alimenta algo que fluye, que se mueve. El cielo estrellado indica que es una escena nocturna. Eso que fluye, que se mueve, tiene que ver con el conocimiento, pero no con el conocimiento académico, sino con el nocturno, con lo que pasa en el inconsciente, con lo que se gesta, con la intuición, con lo invisible. La Estrella es la carta del conocimiento verdadero e infinito, porque nunca va a dejar de manar agua de esos cántaros. Lo que vemos aquí es a una mujer accediendo a esos conocimientos que tienen una parte oscura, ese pájaro negro, e intentando adivinar cómo fluye ese conocimiento.

Ahora la respuesta a mi pregunta: la carta sobre el futuro. Mi atención era plena.

Tercer momento:

—El Emperador es el poder en la Tierra, el poder material. Tiene en sus manos el globo del mundo y los cuatro triángulos de su casco representan los cuatro elementos. El Emperador se relaciona con Hércules. Los conceptos asociados con esta carta son el poder, la energía, el derecho y el rigor. En la secuencia del tarot esta carta está por detrás de la Estrella, como si te estuviera indicando algo que en el pasado quedó por resolver y que tienes que retomar. Fíjate: está sereno, está reposando, contemplando, descansando, y el pájaro que tienes ahora, el de la carta de la Estrella, oscuro y amenazante, es en adelante el águila…

Yo creía que me iba a quedar ahí como las otras veces —pocas— que había visto leer las cartas: contemplando la belleza de las imágenes, escuchando las asociaciones de la lectora y valorando el tarot como un estupendo generador de narraciones, entendiéndolo como un juego poético. Así fue en el momento de la tirada, pero no más tarde, días después, cuando algo del ciclo que las cartas tejieron acerca de mi pregunta empezó a llamar mi atención de manera cada vez más insistente. Me encontraba pensando en qué escondía ese otro texto o en cómo se relacionaba su poesía con mi vida.

Un ciclo. De la desmaterialización al poder de la materia, pero no en la actividad, sino en el reposo, pasando por un apropiarse del conocimiento verdadero (yo pensé: a través de la escritura. Yo pensé: la es cri(a)tura).

Ástrid se había instalado en mi casa y yo me sentía como si ahora en casa fuéramos muchos, demasiados, como si estuviera perdiendo a mi hijo en medio de una multitud. Alguien tenía que morir. No era Ástrid, pese a que la broma de mi hermana, que nos hizo reír y me ayudó a quitarle hierro a lo que le estaba contando en el autobús hacia el Maresme, apuntaba que sería lo más fácil. También me lo sugerían mis amigos: que se vaya. Pero si Ástrid se iba, tendría que buscar otro inquilino para la habitación, con lo que se abría la posibilidad de volver a la misma situación. Yo no podía abandonar la escena. No era tampoco mi hijo Pablo quien debía desaparecer, por supuesto, sino tal vez mi hijo extrovertido, sociable, conversador, el que participa activamente en la sociedad, el que tiene amigos y parejas, el que sale por ahí los fines de semana, el que viaja, el que se come el mundo. Engendramos varios hijos por cada embrión, al menos dos: el que ocupa el vientre de la madre y el que ocupa nuestra mente. Ahora mi hijo fantasmático tenía que desaparecer.

fantasmático, ca

De *fantasma*
Adj. Psicol. Dicho de una representación mental imaginaria: Provocada por el deseo o el temor.

Tal cual.

La palabra me llevó a un momento del pasado.

Cuando por fin me quedé embarazada, dos embriones habían conseguido implantarse. Durante varias semanas, entre la primera y la segunda ecografía, Jaime y yo esperamos gemelos. En la segunda ecografía, sin embargo, solo había un feto. El doctor que me hizo la prueba no me informó de ello; simplemente habló todo el tiempo del niño, de cuánto medía su cabeza, de cómo estaba situado, de las partes de su cuerpo que se podían apreciar en la imagen… Fui yo la que tuve que preguntar.

Las gestaciones gemelares presentan mayor riesgo de mortalidad fetal. Uno de los gemelos muere en un porcentaje significativo de los embarazos múltiples.

De qué estaba hablando ese hombre? ¿Y mi otro hijo? ¿Dónde estaba? Yo no había tenido pérdidas ni sangrados. ¿Adónde se supone que se había ido?

El feto se puede haber reabsorbido. Se llama el síndrome del gemelo evanescente.

Qué nombre tan bonito.

Leí acerca de ese síndrome. Busqué las palabras con que otros habían contado lo que había ocurrido en mí, y así supe que un número no insignificante de gestaciones que acaban en el nacimiento de un niño —o de una niña— empiezan siendo embarazos múltiples. Algunos de nosotros somos el gemelo que no se esfumó.

Había dos gemelos en los libros de los veranos de mi niñez, Cástor y Polux, hijos de la bella Leda pero de distinto padre. El primero era hijo del marido de Leda y era mortal, como su padre, mientras que el segundo era hijo de Zeus, que se convirtió en cisne para seducirla, y era inmortal. Al morir Cástor, el dolor de Pólux era tan grande que le pidió a Zeus que o bien devolviera a su hermano a la vida o bien lo privara a él de su inmortalidad. Zeus le dio una respuesta intermedia: hizo alternativamente muertos y vivos a los dos gemelos. Más tarde, ya entre las estrellas, Cástor y Pólux, patrones de los marineros y los navegantes, calmaban las tormentas cuando ellos se lo pedían. Los navegantes los identificaban con los fuegos de San Telmo si veían simultáneamente dos de esos resplandores azulados. Dos llamitas azuladas. Verdemar.

Hice un duelo por esa vida breve que empezó y acabó en mi cuerpo de un modo tan sumamente discreto. Le había dado un nombre a ese pequeño ser. La había imaginado niña. Había imaginado un niño y una niña, pero solo iba a tener un niño. El espacio que había ocupado la niña quedó vacío. Eso fue lo que sentí durante unos días: vacío. El molde que esa pequeña vida había ocupado estaba en mí pese a que no quedara nada dentro. No fue tan grande el dolor como la noción de la distancia entre lo que sentía y lo que me decían.

—Tendrás al otro.

—Solamente era un puñadito de células.

El estupor, ese sí fue grande.

El estupor es tal vez mayor que el dolor en el duelo por alguien que apenas ha existido, que apenas has conocido. Despedirte de alguien hecho de palabras, de ilusiones, de deseos es un proceso largo e íntimo. Es largo porque tú no un puñadito de materia

quieres que se acabe nunca. Tus ilusiones, tus deseos y tus palabras son ese hijo. Pero es difícil hablar de lo que ocurre, de lo que vives, de esa evanescencia y ese vacío que deja. Sobre todo si enseguida te lanzan el consabido comentario de la alegría que debes sentir porque llevas a otro hijo dentro. Sobre todo si reducen a tu niña a un puñadito de materia. Sin embargo, hay que hablar precisamente de lo evanescente, de lo que no deja rastro ni cicatriz. Y si no se puede hablar, hay que escribir sobre ello. Para escribir hace falta quizá una cierta conciencia de que algo terminó o de que algo se ha perdido. Tiene que haber un cierto vínculo con lo que ya no está, precisamente con eso que ya no es. No se puede escribir sin estar agujereado, no porque la escritura o lo escrito vayan a rellenar el agujero, sino porque sin agujeros no vemos a través de nosotros, del otro lado de nosotros.

Sí hay niñas que se caen del cochecito. Sí hay niñas perdidas, y no porque no sean listas.

No podemos no imaginar a nuestros hijos. Lo que imaginamos desde el principio o desde antes del principio, el ideal que a partir de la imagen primera vamos creando a base de deseo y de temor, los empuja a crecer. Estoy convencida. Tampoco podemos dejar que esa imagen se haga demasiado poderosa.

La evanescencia de mi hija nunca fue total. La llamita no se extinguió del todo y el rastro que dejó su presencia sigue en mí, indeleble, y está hecho de palabras y de anhelos no cumplidos. Ahora tocaba borrar otra imagen mía que debía dejar de proyectarse sobre mi hijo. Tocaba convertir la sombra en cuerpo.

evanescencia

Abrí la puerta de la casa donde vivíamos mi hijo, Ástrid y yo, y escuché a Pablo canturrear el tema que ella había escuchado unos días antes. Si Jaime no se hubiera marchado, yo no habría tenido que alquilar una habitación de mi casa, no habría llegado Ástrid, no habría cautivado a Pablo y yo no estaría viviendo esa sensación de nueva pérdida. Si Jaime no se hubiera marchado.

Al irse Jaime, apenas hablé de mi dolor por su ausencia. Cuando estaba con Pablo, cuando él preguntaba o su padre aparecía en nuestra conversación, yo trataba de mantener la calma. Mi compromiso con Pablo implicaba también evitar cualquier enfrentamiento con Jaime, velar por mantener una relación serena y civilizada. Salimos los tres en alguna ocasión e incluso celebramos juntos el noveno cumpleaños de Pablo. Luego dejamos de hacerlo, aunque Jaime siguió entrando en casa cuando venía a recoger a Pablo.

Los días que pasaba sin mi hijo eran extraños, muy lentos al principio, cuando salir con gente y hacer actividades me costaba. A veces me obligaba a salir; otras, ponía el trabajo como excusa y me quedaba en casa. Me decía que quería estar tranquila, pero no lo estaba: la angustia y el remordimiento crecían con el paso de las horas. Ansiaba el regreso de mi hijo. Cuando Jaime lo traía, le preguntaba por lo que habían hecho, adónde habían ido, con quién. Pablo nunca mencionó a Rubén, ni entonces ni después. Mi hermana me acompañó esos meses con su sentido del humor, que también me ayudaba a distanciarme. Con ella la risa surgía a menudo y me acercaba por algún instante a la otra cara de la moneda de mi pena: la rabia.

Más tarde empecé a disfrutar de salir al cine o al teatro, ir a conciertos o a cenar, conversar. Volví a bucear. Entonces me ganaba bien la vida. Trataba de cargarme de ánimo cuando no tenía a Pablo para vivir los días con él, en los que la ausencia de Jaime se notaba constantemente, o así me lo parecía.

El dolor no disminuyó en ese tiempo y la culpa tampoco, aunque empezó a haber más momentos de rabia hacia Jaime por haberse ido y también, más confusa, hacia mí misma por culparme. Algunos momentos más de rabia hubo, sí, pero tampoco muchos; seguramente no los suficientes, ahora que lo escribía me daba cuenta.

Ahora, cuando Pablo se iba a casa de Jaime a pasar el fin de semana, yo escribía. Volcaba el desasosiego de aquel tiempo difícil. Escribía en la cama hasta que oía a Ástrid salir de casa. Entonces me instalaba en la mesa de la cocina. Acababa de instalarme ahí el día en que casi sin pensarlo tecleé el nombre de mi inquilina en el buscador de mi portátil. Á-s-t-r-i-d-M-o-n-t-e-r-d-e. Me detuve un instante entre la tecla de la "e" y la de "enter". ¿Qué estaba buscando realmente? Ástrid Monterde. Sí, vivía en mi casa, pero yo la buscaba en el espacio de internet. ¿Quién era ella: era la mujer que vivía en mi casa o era lo que yo iba a encontrar ahí? Apreté el "enter" y fui recorriendo con la mirada la lista de enlaces. Había muchos por descartar y algunos por abrir, igual que imágenes. Oí la puerta, salí apresuradamente de la página, me levanté y fui a servirme un vaso de agua. Era ella, que se había dejado una cosa. Lo dijo desde la entrada y volvió a irse sin acercarse siquiera a la cocina. Volví al ordenador, tecleé otra vez su nombre y abrí algunos enlaces. En cronología inversa, esta era ella:

• Dirección de *Panorama desde el puente*

• Trabajo en la Kutxa de Bilbao hasta su prejubilación

• Participación en una colectiva de fotografías de espacios naturales vírgenes de Euskadi

• Un par de exposiciones de acuarelas en galerías pequeñas de Bilbao

• Trabajo en una empresa bilbaína

Poco más.

Seguí con los buscadores de los periódicos y encontré una noticia en la hemeroteca de *El Correo de Bilbao*: Ástrid Monterde denunció a Euskal Goyarri, la empresa para la que trabajaba como responsable de calidad y gestión medioambiental, por las condiciones insalubres en las que los trabajadores desarrollaban su tarea. Ganó la denuncia, pero perdió el empleo, igual que un centenar de aquellos trabajadores. Todo eso había ocurrido muchos años atrás. Suficiente. Más que suficiente. Me palpitaban las sienes. Otro día me detendría en las imágenes.

Mi amiga Marta me llevó hasta una playa al final del pueblo. Habíamos pasado el día juntas, nos habíamos bañado en una cala tranquila del otro extremo del paseo, habíamos charlado mientras chapoteábamos en el mar, habíamos hecho el muerto, ella bocabajo y yo bocarriba. Habíamos ido a comer una paella. La sobremesa había sido larga y bien conversada. Apenas hablé de Ástrid. Marta me enseñaba los espacios del pueblo que la mantenían ligada a él: la desembocadura del río, con el pequeño delta, los patos, las gaviotas, los cañaverales y la achicoria, las dunas... Luego me dijo que íbamos a acercarnos a otra playa. Me quedó claro que no era una más. Marta me contó que mientras estaba en el pueblo cada noche se acercaba a esa playa a oír el ruido de las olas. Me pregunté por qué a esa precisamente y no a otra más cercana. En cuanto estuvimos en la orilla, lo entendí. Era una playa de cantos rodados de un tamaño que iba del de un huevo al de una patata grande. Al retirarse las olas, las piedras se movían, rodaban y entrechocaban unas con otras. Era un sonido único. Lo reconocí enseguida, pero no tuve que rescatarlo de mi memoria, sino que tuve que ir a recuperarlo desde el interior de mi cuerpo.

Estuvimos muy poco rato escuchando, pero yo me llevé conmigo ese sonido, aunque todavía no lo supiera. Lo descubrí los días siguientes cuando volví a pensarlo, muchas veces. En cuanto podía lo reproducía en mi imaginación y me entretenía en él. Ahí me quedaba. Me iba acercando a un modo de vivirlo. Eran huesos lo que producía el sonido, de pronto lo percibí así, sin duda, unos días después de haber estado con Marta. Huesos pelados, huesos pequeños y otros más grandes, cráneos, escápulas, huesecillos del oído interno, mandíbulas, vértebras, falanges de manos y de pies, coxis, rótulas, clavículas...

Hubo un tiempo anterior, de descomposición, desmontaje, deconstrucción. Cuerpos, miles de cuerpos desarticulados, desmembrados. Una vez sueltos, los huesos rodaban, se desordenaban, entrechocaban, y así podían reordenarse. Ese era el sonido que escuchamos en la última playa.

Los huesos de nuestros predecesores. De todos nuestros predecesores. Animales, humanos. Mezclándose, reordenándose.

Incontables tabas, innumerables dados lanzados a rodar.

Nuestros propios huesos. Nuestras partes sólidas e indivisibles. Nuestra materia más duradera.

Iba rememorando, reproduciendo y habitando ese sonido y lentamente empecé a descubrir en él el sonido de mis propios huesos.

El mar los movía y así generaba la posibilidad de otra suerte, de un nuevo orden óseo, estructural. Así lo vivía yo: entonces, todas las partes —mis partes— estaban sueltas, pero las arrastraba la misma agua ancestral, que respiraba: adelante y atrás, adelante y atrás, adelante y atrás. Respiraba y las mecía, las reordenaba, las recolocaba.

Recolocacolocacolocolocolocolocl

Un sonido que recomponía.

Quién sabe si de ahí podía surgir un esqueleto que permitiera prescindir de tantos exoesqueletos, muletas, prótesis, andamios. Eso me preguntaba. Esa era la esperanza que nació de mí.

Si el olor de la tierra después de la lluvia tenía un nombre, petricor, ese sonido merecería tenerlo también.

—Y tú, ¿qué quieres? —me preguntó Marta justo antes de despedirnos, en ese momento en el que tan a menudo se dicen las cosas más importantes o se hacen las preguntas más incisivas, las que apabullan si se formulan cuando todavía queda tiempo para estar juntos, las que van a permanecer abiertas en la conciencia de las personas que se despiden.

—¿Cómo que yo qué quiero?

—La noche de la cena hablaste de Pablo y de lo que quieres para él, pero quizá tendrías que pensar más bien en lo que quieres para ti, en cómo quieres que sea tu vida, más allá de las circunstancias, de si ahora necesitas dinero o de si tienes que buscarte otro trabajo o más trabajo… ¿Tú qué quieres para ti? ¿Cómo quieres…, cómo deseas vivir? ¿Cuál es tu proyecto?...

—¡Para, para, que me estás agobiando! ¡No tengo ni idea!

—Pues eso.

Recordaba de vez en cuando la tirada de cartas. El futuro, allí donde debía verse el modo de vivificar mi relación con mi hijo, me señalaba el poder de la materialidad. La carta del Emperador se había resistido todo el tiempo a mis posibilidades de encontrarle un sentido. El poder de la materialidad. ¿De qué materialidad? No podía tratarse en mi caso de bienes ni de riquezas. Pensé: Mi materia es mi cuerpo. Pensé: Mi materia es mi lenguaje y mi escritura. Desde ahí podría detenerme a mirar y a pensar en eso que quería.

Iba descubriendo que escribir era en cierto modo como hacer un rompecabezas, pero uno raro: con las viejas piezas de siempre era imposible componer una nueva imagen. Había que empezar a encajar esas piezas viejas unas con otras y esperar pacientemente a que aparecieran algunas más, a encontrar piezas nuevas y desconocidas, insospechadas algunas, otras olvidadas o temidas. Solo con ellas podría completarse el rompecabezas. Quizás la llegada de Ástrid a mi casa era la pieza que me faltaba o había hecho emerger las piezas que me faltaban.

Oí la palabra en la radio: familiaridad.

Familiaridad. Famili ari dad. Familia árida edad.

familiaridad
Del lat. familiarĭtas, -ātis. 1. f. Llaneza, sencillez y confianza en el trato. 2. f. Contacto habitual o conocimiento profundo. 3. f. Facilidad, naturalidad, desenvoltura.

Eso era lo que yo trataba de evitar tener con Ástrid: familiaridad.

- *Llaneza.* No: riscos, caídas, peñascos, desniveles, abismos.
- *Sencillez.* No: obsesión alambicada, rumiación sofisticada, nudo rebuscado.
- *Confianza.* No: distancia, envidia, recelo.
- *Facilidad.* No: complicación.
- *Naturalidad.* No: prevención, maquinación.
- *Desenvoltura.* No: torpeza, vergüenza, culpa.

Nada de familiaridad. Ninguna familiaridad. Precisamente porque veía que eran lazos de familiaridad lo que se iba tejiendo entre ella y mi hijo. Precisamente porque eran esos lazos, lazos de familiaridad, los que necesitaba construir yo con mi hijo Pablo, una vez acabada su infancia. Y para evitar la familiaridad con Ástrid me aislaba, me escondía, me separaba, me incomunicaba. También de Pablo. No tenía sentido mantenerme tan lejos. Quizá me convenía acercarme a ella para tratar de acercarme también a él.

—¿Cómo lo sabes?

—Porque el día que viniste a ver el piso y la habitación te busqué un poco por internet.

—Ah, ¡un poco no; buscaste a fondo!... De aquello hace ya mucho tiempo, lo tengo muy olvidado.

—Pues a mí me parece algo para recordar. Creo que es admirable lo que hiciste, la verdad.

—Qué va, no fue nada…

—Bueno, yo no lo veo así. Hay que tener coraje.

—Es que ya hacía tiempo que quería irme de esa empresa, y tenía otro trabajo prácticamente asegurado, o sea que apenas arriesgué nada, no te creas.

—Pero hiciste lo que había que hacer y nadie había hecho, y cargaste por ello con el despido de muchos compañeros.

—No, no, no fue así: esa gente se iba a ir a la calle igualmente, ya estaba decidido y yo lo sabía porque me lo habían comunicado. Lo que yo hice solamente adelantó los despidos un par de meses.

—Pues lo que yo leí fue que…

—Sí, pero ya sabes… La prensa desvirtuó un poco los hechos. Cualquiera en mi situación habría hecho lo mismo. Además, no quería seguir en ese trabajo; veía que ese no era mi camino y, por lo tanto, tenía que buscar otro.

Pausa larga

—Así de fácil: este no es mi camino y me busco otro…

—Mira, no sé si es fácil o difícil pero sí: si este no es

mi camino, me busco otro, exactamente. Sobre todo porque entonces yo era muy joven y creo que cualquier joven tiene derecho a perderse una y cien veces hasta encontrar lo que quiere hacer o hasta tener una idea de cómo quiere vivir. Pero no solo los jóvenes; yo he tratado de conservar siempre la libertad de cambiar de vida cada vez que lo he necesitado o que simplemente me ha apetecido. ¿Por qué no?

—Está muy bien, está muy bien. Si se puede…

—Pero eso tiene un precio, está claro, y yo he creído siempre que valía la pena pagarlo.

—¿Te refieres a no tener familia, a no tener hijos?

—No, para nada: los vínculos que tengo con las personas a las que quiero también son muy fuertes. Me refiero más bien a no tener un lugar propio, raíces, cosas…

—Ya, vives ligera de equipaje. Yo no sabría. Soy lo que cargo, lo que me ata.

—¿Por ejemplo?

—Mi trabajo, mi hijo. Sin eso creo que me desintegraría.

—¿Solo eso?

—Prácticamente.

—¿Estás segura? ¿Y eso no es fácil?

—¿Qué quieres decir?

—Creer que eres eso, dejarte definir por eso. Demasiado fácil.

No fue más que una secuencia de imágenes de las que se forman en el límite de nuestra conciencia para conducirnos de la vigilia al sueño, o viceversa. Lo llamé un presueño. Fue así:

Ástrid estaba agachada de espaldas a mí en el borde de un acantilado. Su figura de color naranja se recortaba contra el más nítido de los cielos. Yo iba conduciendo mi coche. Me acercaba a ella, lentamente. Al llegar a pocos metros de donde ella estaba, en lugar del pedal del freno, yo apretaba el del acelerador y ella desaparecía. Solo quedaba frente a mí el azul más azul. Aire transparente, luz prístina, visibilidad total. Cegadora. Ya fuera del coche, yo caminaba hasta el precipicio, me arrodillaba, me estiraba en el suelo, bocabajo, y entonces me asomaba y miraba: abajo, el mar como un espejo y en la orilla, sobre la roca, dos cuerpos exánimes: el de Ástrid y, cogido de su mano, el de Pablo. Como si se miraran.

Me levanté y me fui directa a apoyar mi frente en el cristal de la puerta del pasillo. Respiré hondo. Verdemar. En penumbra. Así necesitaba ver las cosas de fuera y sobre todo las de dentro. A partir de ahí, que la claridad llegara al final de una ardua conquista. Que la luz se fuera imponiendo poco a poco. Que lo que tuviera que ver se me revelara despacio, como en una aurora lentísima.

Escribo sobre aquel tiempo y hay algo que se me escapa: ¿Cómo puedo mostrar lo que realmente me ocurrió? Me cuesta recordar exactamente cuán

No.

Un lugar, un punto de partida. Un desfiladero, o un puente, largo y estrecho. Caminar con vértigo, con náusea, con miedo. Caminar. Caminar. Al final, otro lugar, el de llegada. Escribo. Pienso: de qué manera puedo mostrar cómo pasé de un lado a otro, de un lugar a otro. Pienso: en qué momento puse un pie en el punto de llegada. Pienso también: cuándo me encontré con los dos pies al final del desfiladero o del otro lado del puente.

El punto de partida fue el momento en que abrí la puerta y escuché a Pablo tararear la música que una extraña había traído a mi casa. El lugar de llegada debería identificarlo también, poder asimilarlo a un momento en que algo en mí cambió. No fue un momento, fueron muchos, claro, fue el aluvión, pequeños restos de material sedimentario, arena, grava, lodo, arcilla… que fueron depositándose bajo mis pies hasta que pude ponerme de pie y ver, hasta que pude verme. Elegiré uno. Lo encontraré. De momento iba entendiendo mi malestar, pero eso no lo aliviaba. Seguía avanzando por el desf

Tampoco.

De nuevo.

Un lugar, un punto de partida. Un desfiladero, o un puente, largo y estrecho. Caminar con vértigo, con náusea, con miedo. Caminar a ciegas. Caminar. Empezar a escribir. La escritura al principio como cuerda, como piolet, como crampón. Más tarde la escritura como botella, como regulador, como chaleco, como neopreno para confiar y lanzarse al agua, bajar al fondo e ir mirando un mundo lento, silencioso y azulado, para ir comprendiendo, respirando y comprendiendo, contemplando el dolor. Y alcanzar primero el final del trayecto, pero todavía no el de la escritura. Aceptar que ese otro horizonte se aleja cuando sigo avanzando, que estoy lejos de saber escribir qué me ocurrió, cómo pasé de un lado a otro, de un lugar a otro; en qué momento puse un pie en el punto de llegada; cuándo me encontré con los dos pies al final del desfiladero, o del otro lado del puente. Aún me queda para terminar, para meter estas páginas escritas en el cajón y cerrarlo.

________________________.

Elegiré un momento que represente el lugar al que llegué, y lo escribiré.

Al abrir la puerta y oír a Pablo canturrear una melodía que pocos días antes escuchaba la mujer que había alquilado una habitación en mi casa, empezó un tiempo en el que temí perder un trozo de mí misma: mi ser de madre, mi obligación. Mi lugar, el sentido de mi vida. Pensé que perder ese miembro me iba a suponer un daño de difícil reparación, y traté de protegerme como supe, con las escasas fuerzas de las que tenía conciencia. Más tarde empecé a escribir y pude empezar a explicármelo así, con esas palabras, aunque antes, durante un tiempo, todo ocurría sin palabras en el dominio de mis impulsos, mis vísceras, mis músculos, una presión feroz en mi mandíbula cuando regresaba a casa y me encontraba a Pablo con Ástrid o cuando él llegaba a casa del instituto y ella no estaba y entonces él preguntaba ¿no está Ástrid? O incluso cuando abría la nevera o los armarios de la cocina o del cuarto de baño y veía algún producto distinto de los que yo compraba y me recorrían de arriba abajo estremecimientos de rabia o sentía cómo se me tensaba la boca del estómago. Instantes después me carcomían la vergüenza, el autorreproche, la culpa. Como el día en que al entrar en la habitación de Pablo a abrir la ventana para ventilar me encontré con una nota de Ástrid. Estaba encima del escritorio, al lado del ordenador. Un único papel con la caligrafía puntiaguda de la firma de Ástrid que yo había visto en sus acuarelas.

Hola, Pablo: No podré estar en casa a las 5, lo siento. Llegaré sobre las 7.30 y nos ponemos con el trabajo. Yo creo que tenemos tiempo. Hasta luego.

Ástrid

Dejé la nota y salí de la habitación. Volví un rato después a cerrar la ventana. Leí de nuevo la nota. ¿Qué trabajo sería? ¿Qué nueva propuesta le habría hecho esa mujer a mi hijo? Otra vez tuve la sensación de quedar excluida de un espacio que Pablo compartía con ella y no conmigo. Cuando terminé las tareas domésticas de cada mañana me senté a trabajar, pero mi atención regresaba a esa nota todo el rato. Volví a la habitación de Pablo, cogí el papel, lo doblé en dos y me lo metí en el bolsillo trasero del pantalón. Entonces, como si esa nota hubiera dejado de existir, pude ponerme a trabajar. Cuando Pablo volvió del instituto, el papel seguía en mi bolsillo y yo había decidido que ahí se iba a quedar. ¿Cómo ha ido en el insti? Bien. Le pregunté si tenía mucho que hacer. Bastante. Comimos juntos. Le pregunté qué tenía que hacer. Estudiar para el examen de filosofía y acabar un trabajo de economía. Preguntó por Ástrid. Le dije que no la había visto en todo el día. Nada más. Yo esperaba que quizá hiciera alguna referencia a ese trabajo que ella mencionaba en la nota, pero Pablo tampoco comentó nada más. Seguí preguntando.

—Fue buena idea lo de alquilar la habitación, ¿verdad?

—Y es maja, ¿no?

—Y os lleváis bien…

Él respondía con breves afirmaciones amables y yo no supe cómo darle un giro a la situación para empezar una conversación de verdad. No supe preguntar lo que me importaba ni decir lo que me preocupaba, no pude más que pronunciar palabras precisamente para que otras palabras que habrían puesto a circular mis temores, mis sentimientos —mi verdad— quedaran bien escondidas, camufladas detrás de las que salían de mi boca: cccce eelo smieee dodododo loooram oor, bien bien escondidas, y también hijo madre vida muerte mundo crecer envejecer.

Pablo se fue a su cuarto y yo me senté a trabajar. Incómoda. Muy sola. Desolada. Cuando oí que iba al lavabo fui a dejar la nota en el suelo de su habitación, cerca de la papelera: siempre se podría pensar que la corriente de aire la había tirado. Nos cruzamos en el pasillo: He entrado a ver si tenías típex, que se me ha acabado. Sí, pero lo tengo en la mochila, ten.

Más tarde llegó Ástrid y al rato oí que hablaban, supongo que en el cuarto de Pablo. No debía darle importancia a la punzada de rabia que se añadió a mi malestar, me esforzaba por no hacerlo: no se trataba en absoluto de lo que ocurría en la habitación de Pablo. Lo iba viendo entonces, lo voy comprendiendo ahora.

Nosotros cenaremos más tarde: tengo que acabar hoy el trabajo sobre la banca para economía, y Ástrid me está ayudando a hacer unos gráficos.

Nosotros.

Ese nosotros también supuso un golpe, pero tampoco debía confundirme: no era eso, no, no lo era. No era ellos. Era yo. Lo iba viendo, pero me seguía doliendo.

Busqué la manera de volver a escaparme al mar. Esta vez sola. Necesitaba pensar o, si no lo lograba, tener un tiempo y un espacio para que algo de lo que estaba viviendo se asentara. No pensaba con demasiada claridad desde hacía un tiempo, o sea que más bien iba a ser eso último: dejar que algunas vivencias de esos meses que sentía como suspendidas en mi interior precipitasen y diesen lugar a algo más sólido.

De viaje hacia el lugar donde iba a volver a bucear, mirando por la ventanilla del autocar, me acordé de una época en la que me llamaba la atención cómo las historias que desarrollaban el esquema Pigmalión —alguien moldea a otro ser y se enamora de él— colocaban en el lugar del escultor a un hombre. Las películas francesas sobre escuelas y educación que tanto me gustaban explicaban la historia de un maestro, de un profesor. Y libros, y series. Siempre un hombre, carismático, magnético, transformador. Parecía como si no hubiera un lugar en esos discursos y en esas obras —en nuestra cultura— donde encontrar ejemplos de mujeres que resultaran inspiradoras para un grupo de adolescentes, que pudieran ponerlos en crisis y removerlos por dentro. ¡Era absurdo! ¡Como si las mujeres solo pudiesen colocarse en el lugar de la madre que cría, nutre, ama, consuela, pero no sacude, no manda descargas eléctricas, no modela, no esculpe ni deja huella! Yo, que había querido dejar una marca en mi hijo, tenía en casa a una mujer que iba a lograrlo.

En aquel momento en que me interesaba por la historia de Pigmalión pensé en escribir un pigmalión invertido, una historia en la que una mujer moldeara a un hombre. Me preguntaba si ella lo haría a su imagen y semejanza o si por el contrario buscaría la diferencia. Me preguntaba si quedaría prendada de su creación —o su creación de ella—, si exhibiría orgullosa su obra frente al mundo o si la infravaloraría precisamente por haber sido ella quien la creara. Me preguntaba en qué iría a dar esa relación entre la artista y su pieza. No llegué a escribir el texto. Las preguntas eran tal vez demasiadas o demasiado espinosas. Ahora tenía en casa a Ástrid y asistía a los cambios de Pablo. Y sentía el dolor de no ser yo quien los despertara. Y temía que me arrebataran a mi hijo, ser expulsada de su vida porque otra mujer había ocupado mi lugar en ella. Temía romperme. Pero ese fin de semana había logrado prescindir de si ellos iban a estar juntos, de si les daba ocasión de conversar y de compartir algo valioso. Necesitaba volver al fondo del mar. Y en una de las inmersiones encontré un bracito de muñeca. Semienterrado en el fondo arenoso, con la manita hacia arriba, parecía una flor extraña. Lo cogí y desde entonces lo llevo siempre conmigo.

amuleto

Del lat. *amulētum.*

1. m. Objeto pequeño que se lleva encima, al que se atribuye la virtud de alejar el mal o propiciar el bien.

Nunca antes había tenido un amuleto. Amuleto. Muleta. Muñeca.

No iba a romperme o no más de lo que me había roto en otras ocasiones: tenía recursos, apoyos, un amuleto. Y estaba escribiendo. Estaba escribiendo.

Abrí la puerta, escuché a Pablo cantar *Ombra mai fu* y tuve que hacerme cargo de mi fragilidad y de la fragilidad de mi relación con mi hijo, que se acercaba ya al final de la niñez. En el tiempo que ese momento inauguró, empezar a escribir sobre lo que iba viviendo supuso preguntarme por cómo había llegado hasta allí, por cómo habíamos llegado a ese punto. No voy a acudir al diccionario para comprobar que el significado de *fragilidad* se corresponde efectivamente con mi sensación de aquellos meses, no voy a copiar la definición de *fragilidad*. Puedo formularla yo con un puñado de palabras que ya he escrito: fragilidad es riesgo de rotura, de ruptura, es precariedad.

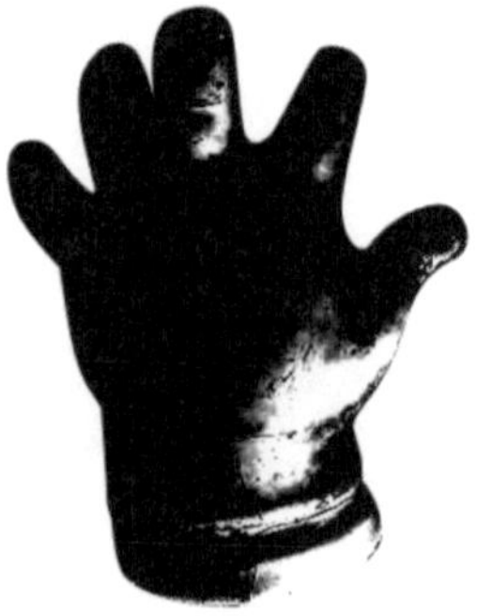

Después de bastante tiempo sin pasarse, Jaime vino a casa. Desde que nos dejó había venido unas cuantas veces; al principio incluso con frecuencia, con la intención de que Pablo viera que sus padres podían seguir manteniendo una relación civilizada, normal... No sé qué adjetivo poner aquí, entre otras cosas porque ya no me parece normal fingir tanta normalidad. Jaime subía a casa cuando venía a buscar a Pablo para que fuera a pasar con él los fines de semana que le tocaban e intercambiábamos información práctica: el lunes tiene que llevar al cole el equipo de educación física o está un poco resfriado; coge por si acaso el antipirético si no tienes en tu casa. Alguna vez tomábamos un café. Estas visitas se fueron espaciando, pero cada tanto Jaime me llamaba para preguntarme si podía subir a casa a verme un momento. Yo siempre le decía que sí, aunque nunca fui a su casa.

Un sábado Pablo me dijo que su padre lo pasaría a recoger y que subiría un momento porque quería verme. Cuando llamó al timbre, Pablo y yo acabábamos de desayunar. Jaime entró, nos saludamos y le ofrecí un café. Tras el intercambio convencional de información, Jaime preguntó por Ástrid, de quien Pablo le había hablado. Le sugerí a Pablo que le dijera si quería tomarse un café con nosotros y ella aceptó. Nos sentamos los tres mayores a la mesa mientras que Pablo se quedó de pie, apoyado a la pared muy cerca del pasillo. Tras las presentaciones, Jaime empezó a hacerle a Ástrid preguntas de cortesía:

—Así que eres de Bilbao, ¿verdad?

—Pero ya conocías Barcelona, ¿no?

—Me contó Pablo que tuvisteis mucho éxito con vuestra obra de teatro…

Lo que empezó siendo una conversación amable y previsible empezó a convertirse en el juego de seducción que Jaime desplegaba.

—Lástima que me perdí vuestra obra. Yo no soy mucho de teatro, pero parece que lo que hicisteis estaba muy bien. Por favor, si montas otra, avísame: no me la voy a perder.

—¡Pues a mí me encanta Bilbao! Sí, hace un tiempo que pienso que tengo ganas de volver y que me gustaría ir con alguien de allí, que me pudiera enseñar esos sitios que solo conocen los nativos.

—Desde luego yo conozco algunos rincones interesantes de Barcelona, o sea que si te apetece explorarlos…

Serví el café y me fijé en Pablo; estaba muy callado. Me fijé en cómo se iba encogiendo, endureciendo, paralizando, encerrando en sí mismo. Su rostro estaba completamente inexpresivo. Pensé: Se está convirtiendo en estatua. Lo entendí. Me bastó con pensar en mí y en cómo a veces me retiraba de las conversaciones con Jaime, como si seguir hablando entrañara el peligro de hacer saltar algo por los aires, algo irreparable. Esa sensación de riesgo inminente me hacía sentir como si lo mejor que pudiera hacer fuera convertirme en estatua. Entendí que Pablo estaba pasando por algo parecido en ese momento. Entendí que buscara cobijo, que se ocultara.

—No, la convivencia no siempre es fácil, qué va. Habéis tenido suerte, pero vaya, que si te echan de aquí, ya sabes dónde tienes una casa, ja ja…

Sin hacer ningún ruido, Pablo se fue hacia su habitación.

Pensé que hacía mucho que no lo había visto así, metido en un silencio casi material, pétreo. Entré a su cuarto y sin decir nada lo abracé.

Recordé una escena de hacía algunos años, de poco después de que Jaime se fuera. Mateo estaba en casa; había venido a jugar con Pablo. En un momento en que mi hijo estaba en el lavabo, Mateo vino a la sala y me dijo bajito:

—Laura, ¿cómo es que Pablo no sabe por qué Jaime ya no vive aquí? Se lo pregunto y me dice que no lo sabe. Le digo que por qué no os lo pregunta, pero no quiere.

—Y tú crees, Mateo, que sería bueno que lo supiera…

—Claro, porque… porque sois sus padres.

—A ver qué puedo hacer. Gracias, Mateo.

Aquella misma noche, tras la conversación con Mateo, llamé a Jaime y le pedí que hablara con Pablo. Llevaba días viéndolo apagado y cuando Jaime venía a mi casa lo veía encogerse y ponerse rígido, lo veía enmudecer y veía cómo se oscurecía su expresión. Yo creía que era Jaime quien tenía que explicárselo. Me dijo que lo haría. No volvimos a tocar el tema.

Dejé a Pablo en su cuarto y volví a la cocina. Apenas unos minutos después Ástrid también se levantó, se despidió con la excusa de que tenía que hacer una llamada y se fue a su cuarto. Comprobé que la puerta del recibidor estuviera cerrada.

—Jaime, ¿le llegaste a explicar a Pablo por qué te separaste de mí?

—Sí, sí, claro. ¿A qué viene eso ahora?

—¿Y qué le dijiste, exactamente?

—Pues la verdad.

—¿Qué le dijiste?

—Que me había enamorado de otra persona, pero que os quería mucho a él y a ti y…

—¿De otra persona?

—Sí…

—¿Le dijiste quién era?

—No, ¿para qué? No tenían por qué coincidir.

—Entonces, nunca los has presentado… ¿Cómo puede ser, Jaime? ¡Tienes que dejar que se conozcan!

—No, no, ahora ya no vale la pena.

—¿Qué dices? ¿Por qué no?

—Porque a esta relación le queda muy poco tiempo de vida, esto se está terminando…

Se estaba terminando, pero duró dos años más.

escribir
como quien des-espera
para cauterizar
para tomarle las medidas al miedo
para conjurar
para morder de nuevo el anzuelo de la vida
para no claudicar

Chantal Maillard
Matar a Platón

3

Martes. Me tocaba clase. Todo iba bien una vez cerrada la puerta del aula. Otra cosa era el camino desde casa hasta el centro y lo peor, los pasos desde la puerta del centro hasta la del aula. Esos eran los pasos más rápidos del día. Por suerte me conocía el centro como el bolsillo de mi chaqueta y podía recorrerlo con la mirada fija en la punta de mis zapatos. Solo la apartaba de ahí si oía mi nombre, por no dejar de saludar a ningún estudiante. Trataba a toda costa de evitar encontrarme con profesores que habían pasado de ser los que venían una temporada a mis clases para aprender de una experta antes de tener su propio grupo a tener tres veces más grupos que yo, a pocos euros la hora, sí, pero suficientes grupos como para juntar un sueldo.

Ellos no se habían equivocado de bando. Yo sí. Para mí era importante tener buena relación con todo el mundo, y no me costaba. No trataba de ser amiga de todos, solo de llevarme bien con todos. Tenía mis afinidades, claro, y defendía siempre que se terciaba a los más talentosos de entre los más jóvenes, aunque eran los que más cuestionaban las decisiones y las formas del equipo directivo. En los últimos años habían entrado tres personas con esas características. Tenían muy buenos currículums. Eran colegas brillantes, intensos y sensatos, y aportaban ideas distintas de las que habían regido tradicionalmente el funcionamiento de la institución. A mí me parecía que sus aportaciones podían mejorar ese funcionamiento, actualizarlo, aproximar más los contenidos y la metodología a los intereses reales y a las necesidades de los estudiantes, tal como se estaba haciendo en otros centros. Integrar sus ideas suponía mucho trabajo y significaba alejarnos de viejos planteamientos academicistas y prescindir de elementos con los que seguíamos contando porque daban prestigio. Sin embargo, en el equipo directivo había personas que no estaban dispuestas ni a considerar esos cambios.

Cuando a causa de la crisis hubo que reducir la plantilla, los tres jóvenes se fueron a la calle. De entre las veteranas, las dos que habíamos dado la cara por ellos nos quedamos solo con las asignaturas optativas que nosotras habíamos creado para el programa y que de momento nadie más podía dar. Se nos convocó a todos los profesores a una reunión y se nos expuso la situación del departamento y los problemas que había. En aquella reunión, antes de que se nos comunicaran los cambios que ya se habían decidido y aprobado, propuse que buscáramos conjuntamente una solución y utilicé la expresión "estar todos en el mismo barco". No, me contestó una de las personas de dirección, no es así: ni estamos todos en la misma situación ni el barco es igualmente de todos. Me quedé sin palabras. Se nos habló abiertamente de lealtades y de deslealtades. Entre el equipo directivo y los profesores de la plantilla que siempre habían tragado con lo que se les había propuesto o mandado sin discutirlo, se repartieron las asignaturas troncales. Los cambios injustificables en la carga docente de unos y otros se justificaron con otro argumento peregrino: los profesores que estaban dando pocas horas ya tenían otros trabajos y nosotros cinco, los tres jóvenes y las dos veteranas que los apoyábamos, habíamos creado un pequeño proyecto al margen de la institución, una empresa de asesoría en comunicación, mientras que el resto del profesorado solo tenía las clases como modo de ganarse la vida. No podían hacerles esa jugada. Nosotros tuvimos que cerrar nuestra joven empresa poco después porque no nos daba para vivir solo de ella, y los tres jóvenes buscaron otros empleos. Y los encontraron. Los profesores que se beneficiaron del reajuste siguieron en su línea: callados, sumisos. Yo seguí dando mi asignatura optativa, empecé a buscar otros trabajos y acabé haciendo mil cosas más.

Un par de meses después del reajuste, un día que llegué con tiempo de sobra me senté en la sala de profesores, que tenía una mesa muy grande, y me puse a corregir un texto para una empresa. La sala estaba vacía y estuve sola un ratito. Entonces llegó una profesora que había sido mi colega durante muchos años y que ahora tenía un cargo de coordinadora o algo así, yo no sabía cuál con exactitud. Nos saludamos fríamente y ella se puso con sus cosas. Poco después, me levanté y fui al servicio antes de irme para clase. Volví a la sala para recoger mis papeles y mi excolega me dijo que como nueva jefa de estudios del centro tenía que pedirme que no ocupara la sala para hacer un trabajo que no tenía nada que ver con lo que hacíamos allí. No me podía creer lo que me estaba pasando. Ni siquiera las colegas de la vieja guardia, las del equipo directivo, me habrían dicho nunca algo así. La sala era enorme y siempre había sitio disponible. Y mi antigua compañera había tenido que mirar mis papeles para saber que yo estaba haciendo algo que no tenía que ver con mi actividad del departamento. El sofoco me subió hasta la cabeza. Sentía que no podía respirar.

—No te preocupes, no volverás a verme por aquí.

Cogí mis cosas y me fui hacia el aula. No sé cómo pude dar la clase, pero la di. Al terminar me fui para casa maldiciéndome por no haber contestado a la flamante jefa de estudios como se merecía. Me tragué la vergüenza.

No volví a la sala de profesores ni volví a llegar al centro antes de la hora de mi clase. Entraba puntualmente y me iba directa al aula que me tocaba. Deprisa, sin buscar el contacto visual con nadie. A los estudiantes con los que pudiera cruzarme ya los saludaría en clase.

Aquel martes llegué al aula sin ver a ningún profesor. Entré. Cerré la puerta. Sonreí. Saludé. La clase fue bien. Mientras explicaba la última de las tareas que había preparado para ese día, lo sentí. Era el dolor del costado izquierdo, debajo de las costillas, un pinchazo sordo que hasta aquel momento no había notado nunca mientras daba clase. Lo sentía sobre todo por las noches, en la cama, antes de dormirme. O mientras descansaba de las tareas de casa. O cuando caminaba por la calle. Me decía que solo lo sentía cuando no estaba distraída, pensando en otras cosas. Pero ese día estaba ahí, en clase, por primera vez.

Podía pedir hora para el médico. Me harían pruebas; no saldría nada.

Yo no sabía muy bien qué quería, pero sí sabía que no quería seguir trabajando en ese centro. Terminaría el curso académico y después no volvería a dar clases allí. Yo no era Sísifo. Eché intensamente de menos el fondo del mar, el silencio y la tenue luz verdiazul.

Sísifo

—Mamá, ¿un día de estos, podemos ver *La strada*?

Yo escribía en la cama con el portátil sobre las piernas cuando Pablo entró a darme las buenas noches y me preguntó si podíamos ver *La strada*. La habían tratado en su asignatura optativa de historia del cine y había reconocido el nombre de Zampanò.

—Es una película muy triste, Pablo.

—Pero a ti te gusta, ¿no? La tienes en la estantería. Y es la peli de tu Zampanò...

Quedamos en verla una noche del fin de semana siguiente después de cenar. Hacía años que no la veía, pero sí, me gustaba mucho *La strada*. Recordaba el principio, la playa, la llamada insistente a Gelsomina que la arranca de su ensoñación. También recordaba el final, desolador. Y la mirada de Zampanò, su birrioso carromato y sus actuaciones de forzudo escapista. No era *mi Zampanò*, como pensaba Pablo, sino *mi Gelsomina*, el jazmín de perfume blanco, el personaje chaplinesco. Gelsomina, que iba a ser comprada y maltratada, que en la carretera iba a aprender y a descubrirse habilidades para luego verse desposeída de lo aprendido y de más, de todo. Me apetecía mucho ver *La strada* con Pablo, comentarla con él, saber qué le emocionaba, en qué escenas sonreía, qué le hacía enfadar, qué le parecían esos personajes desamparados, Zampanò y Gelsomina, y también el Loco. Pero mientras cenábamos el plan se vino abajo. Fue cuando le oí decir a Pablo:

—Ástrid, ahora después de cenar vamos a ver *La strada*. Si te apetece... O igual ya la has visto...

—No, no la he visto; no soy muy de Fellini...

Pues si no eres muy de Fellini, ¿por qué no te buscas otro plan y me dejas ver la película tranquilamente con mi hijo?, pensé, aunque no lo dije.

—Pero vale, me apunto.

Rogué a San Houdini y a San Zampanò que hicieran que alguien me llamara para salir a tomar una copa. Me tragué las ganas de irme de casa junto con el resto de la cena.

Ástrid salió de su habitación a la hora en que habíamos quedado con una tableta de chocolate negro con jengibre. Pensé que era el sabor adecuado para *La strada*. Tampoco lo dije.

Nos sentamos a verla los tres, Pablo entre nosotras dos. Yo al principio no podía relajarme: me daba rabia que Pablo hubiera invitado a Ástrid y además me gustaba tanto esa película que me daba miedo que Pablo o especialmente Ástrid encontraran a Giulietta Masina demasiado exagerada, a Gelsomina demasiado boba o a Zampanò demasiado bruto. Que no entendieran la desesperación final de Zampanò. Que no se emocionaran con la música de Nino Rota. Que no quedaran prendados de la sonrisa del Loco. Luego la película me fue ganando y hasta comí un trozo de chocolate, sin acordarme de que era de Ástrid.

Les gustó. Ástrid empezó a comentar: Zampanò es un maltratador, un depredador sexual… La interrumpí:

—La perspectiva de género es válida para ver *La Strada* porque muestra cómo una situación durísima lo es aún más para las mujeres, pero Zampanò no es "el malo de la película". ¡A Gelsomina la vende su madre!

—Ya. Todos son perdedores…

—Sí, y tal vez es más interesante pensar en las dos posturas que encarnan los personajes frente a la desgracia y la privación: Zampanò protege lo único que tiene, su fuerza, su capacidad de atemorizar, de imponer su voluntad; en cambio, Gelsomina y el Loco hacen valer su gracia, su capacidad de jugar y de soñar, su esperanza de que hasta lo más pequeño tiene valor.

—Es verdad, tienes razón —dijo Ástrid.

Me gustó que lo dijera delante de Pablo.

Comentó que la escena que más le había gustado era la del encuentro de Gelsomina con el Loco bajo la carpa del circo; a Pablo, la de la actuación en la boda, cuando los niños llevan a Gelsomina a la habitación del niño enfermo; a mí, el momento en que Zampanò le pone los sombreros a Gelsomina y ella se convierte por unos instantes en payasa.

También hablamos de la escena de la procesión, con las caras y las miradas dirigidas hacia lo alto, hacia las imágenes religiosas, y cómo esa escena daba paso, en una sutil transición, a la del número del funambulista, el Loco, durante el cual todo el pueblo continúa mirando hacia el cielo, desde donde quizá podría alcanzarles lo maravilloso, la magia, el milagro. Allí donde está el arte o de donde viene el arte. De ese lugar de riesgo y de frágil equilibrio.

Seguimos comentando durante un buen rato. A Pablo se le veía contento de poder aportar lo que habían trabajado en clase. Yo les acabé confesando mis miedos del principio, cómo me costaba encajar que alguien no valorara algo que a mí me gustaba tanto. Ástrid le dio las gracias a Pablo por haberla invitado a ver la película y se fue a su habitación. Él se despidió un poco después diciéndome que lo había pasado muy bien viendo la peli y charlando.

—Podemos repetirlo otras veces —dijo. Y me dio un beso de buenas noches.

—¡Claro! Cuando quieras.

Me costó dormirme y me puse a escribir. Me resultaba gracioso haberme comido un trozo del chocolate de Ástrid y no haberle dado ni las gracias, y pensaba que así tenía que ser. No quería dormir: llena de una vitalidad que hacía tiempo que no sentía, me daba cuenta de que para Pablo incluir a Ástrid no era excluirme a mí. Esa lógica de la exclusión no era de ellos, sino mía, y podía abandonarla y librarme de ella. Acabé pensando en Zampanò y en cómo interpretaba una y otra vez, en cada lugar en el que se detenía, su número estrella: romper una gruesa cadena de hierro con la potencia de sus músculos pectorales, liberarse de la cadena con la fuerza de su respiración. Representaba una y mil veces el momento de una liberación que no iba a poder ser. Me interesaba entender por qué siempre me habían atraído los escapistas: Zampanò, Houdini… El momento de escapar y su adrenalina me fascinaban, pero yo no los había vivido. ¡Incluso Gelsomina emprendía su huida! Y Houdini… Cadenas, esposas, cuerdas, grilletes, camisas de fuerza, cajas, baúles, sacos, jaulas, ataúdes, acuarios, tanques de agua, bidones de cerveza, cajas fuertes tiradas al mar, habitaciones cerradas… Se llegó a decir de él que había conseguido escapar de un monstruo marino, una ballena o un calamar gigante, como un moderno Jonás. Escapar. Sentirse vivo.

Uno de los números más exitosos de Houdini era el de la metamorfosis: él se metía en un saco que se cerraba y luego en un baúl. El baúl se cerraba con candados y sobre él se sentaba la ayudante de Houdini. Todo se tapaba con una cortina y, cuando al poco esta volvía a abrirse, el mago aparecía sentado sobre el baúl y dentro de él, en el saco, estaba la ayudante. Escapar era cambiar. ¿Escapa Dafne al ser convertida en laurel?

Zampanò no lograba romper ninguna de sus cadenas. Las ataduras más bien se reforzaban cada vez que él salía exitoso de su número circense. Atrapado en su brutalidad, buscaba el escape engañoso de la bebida, pero no podía tolerar que nadie le gastara una broma. Zampanò se encadenaba cada vez que se liberaba.

Yo escribía para liberarme, para escapar; sin embargo, dudaba de estarlo logrando. Al escribir podía estar reforzando mis cadenas. Pensé: desmembrarse puede ser un modo de escapar. Me pareció que sí. No se trataba de prepararme para recomponerme tras una pérdida irreparable, como temía al principio de aquel tiempo difícil. ¡Dejar atrás la antigua piel, la coraza, y salir corriendo a probar la vida sin ella! ¡Eso era lo que yo le pedía a la escritura que me ayudara a alcanzar! Después de la muda, las serpientes recuperan el apetito, la visión y el color que la vieja piel amortiguaba. Las exuvias tienen una belleza fantasmagórica; lo que dejara atrás, el despojo, no tenía por qué ser un miembro ni tampoco una inmundicia. Fuera lo que fuera, cada vez faltaba menos para que quedara en el fondo del cajón.

A la mañana siguiente me quedaba un poco de la fuerza que había sentido después de ver la película y de comentarla con Pablo y con Ástrid. Estaba decidida a hablar con mi hijo, pero no de películas ni de personajes de ficción, sino de nosotros, de su padre, de mí y de él. No sabía por dónde empezar y no sabía siquiera cómo encontrar la ocasión, si debía buscarla o esperar a que se me presentara, si debía provocarla, forzarla. Provocar, forzar… no me gustaba la idea, pero tampoco la de esperar como si me hiciera falta una especie de señal que no iba a llegar nunca.

En esos días había una exposición de una fotógrafa cuyo trabajo había sido descubierto hacía muy poco, casualmente: montones de negativos adquiridos en una subasta por un joven investigador que al revelarlos se encontró con unas imágenes extraordinarias. Le propuse a Pablo que fuéramos juntos a verla una tarde después del instituto. Él y yo solos, señalé. Después podíamos ir a cenar por ahí, hacía mucho que no lo hacíamos.

Iríamos. Disfrutaríamos de las fotografías, que serían efectivamente excepcionales. Las comentaríamos mientras iríamos cogidos del brazo hacia el restaurante que habríamos elegido para la cena, un restaurante mexicano donde íbamos a menudo con Jaime y al que no habíamos vuelto sin él. La mesa que solíamos ocupar estaría libre, y allí hablaríamos de nosotros. Con naturalidad, de una manera nada forzada yo conseguiría hablarle a Pablo de que ya no podía seguir haciéndome cargo de lo que le correspondía a su padre.

Habría extrañeza en la mirada de Pablo. Yo diría:

—Jaime y yo nos separamos porque él perdió el interés en mí y se enamoró de otra persona. Eso ya lo sabes; lo que no sé si sabes es quién es.

Silencio

—Yo pensaba que él te lo habría contado, pero ahora sé que no. No sé cómo lo ha hecho para que tú no te enteraras… Yo creo que tienes que saberlo.

—Rubén, ¿no?

—Sí, Rubén… Entonces, ¿lo sabías?

—Me ha hablado bastante de él, pero siempre como de un amigo… Tú también has mencionado a Rubén alguna vez, pero no como…

—Pues es su pareja, desde hace más de ocho años.

—Ya.

Silencio

No parecería sorprendido. Más bien dolido.

—Y tú…

—Yo también podría habértelo dicho, claro, pero pensé que le tocaba a él, y de hecho él me dijo que te lo contaría.

Silencio

—Cuando ocultamos información a personas cercanas a las que esa información afecta, construimos una especie de muro de silencio que cuesta mucho atravesar.

Silencio

—Supongo que ese secreto está entre tu padre y tú, y me parece que un poco se ha interpuesto también entre tú y yo. Pero no lo quiero ahí.

Nos habríamos acabado el guacamole con nachos.

—¿Y por qué no ha querido decírmelo?

—Podrías preguntárselo.

Pausa

—No sé, igual.

A partir de ese momento disfrutaríamos de los tacos y las quesadillas mientras charlaríamos de las fotos que

No, estaba escribiendo como cuando Marta y yo lo hacíamos de niñas en nuestros veranos de acampada: imaginando, construyendo escenas para personajes inventados. Pero no se trataba de eso, de personajes, de héroes antiguos, sino de mi hijo y de mí. Por esa vía no lograría rasgar el velo que me separaba de Pablo. Tal vez consiguiera disipar una niebla que se había ido levantando entre nosotros, sí, pero no bastaba con eso, con hablar de Jaime, con aclarar lo que Jaime no aclaraba. No era de su padre de quien yo tenía que hablarle a Pablo, sino de mí. Y en el relato con el que me estaba anticipando, enseguida había pasado a hablar de Jaime, había vuelto a esconderme detrás de él. Esa escritura de Zampanò, esa escritura inerte y sin riesgo, no me liberaría. Esa, no. ¿Cómo escribiría Gelsomina?

Fuimos. Descubrimos juntos el trabajo y la historia de la fotógrafa tal y como se conocía en ese momento: Vivian Maier trabajaba como niñera y llevaba a los niños a quienes cuidaba por las calles de Chicago o de Nueva York mientras hacía fotografías que no revelaba. Sacaba fotos sin descanso. En muchas de ellas se la ve reflejada en diversas superficies. Una mujer grande, con sombrero y chaqueta masculina, con una cámara delante de su vientre. En los últimos años de su vida vagó por las calles hasta que la vieron ciertas personas a quienes había cuidado en su niñez. La exposición reunía fotografías y también textos sobre su autora. No parecía que hubiera sido una niñera vocacional ni que tuviera mano para los niños; sin embargo, esos hermanos, ahora adultos, que la reconocieron por la calle le costearon un lugar donde alojarse hasta el final de su vida. La historia nos sorprendió tanto a Pablo como a mí. La comentamos mientras íbamos hacia el restaurante que habíamos elegido para la cena, un restaurante mexicano donde habíamos ido a menudo con Jaime y al que no habíamos vuelto sin él. La mesa que solíamos ocupar no estaba libre, pero había otra al fondo, y me dirigí hacia ella. Nos preguntamos qué les dio Maier a esos niños, dedicada como estaba en cuerpo y alma no a ellos, sino a la fotografía. Tal vez la experiencia de la pasión, concluimos: estar cerca de alguien que persigue y que desarrolla su pasión, que hace lo que tiene que hacer para ser exactamente quien en realidad es.

—Yo no he estado demasiado apasionada estos últimos tiempos…

Pablo me escuchaba.

Fui hablando de lo que había podido ir viendo gracias a la escritura:

De cómo, sin haber encontrado el modo de evitarlo, había dejado que la preocupación ocupara el espacio de la alegría y de la pasión.

Del modo en que el miedo me había mantenido más pendiente de algo que debía tratar de evitar y de las supuestas seguridades que debía alcanzar que de lo que tenía.

De que estar siempre activa, siempre trabajando, me distraía de sentir lo que me hacía daño.

Percibí la extrañeza en la mirada de Pablo.

—Cuando ocultamos información a personas cercanas a las que esa información afecta, construimos una especie de muro de silencio que cuesta mucho atravesar.

Silencio

Recientemente había buscado en el diccionario *secreto, secreción* y *segregación,* que etimológicamente significa *separación respecto del rebaño*, es decir, una forma de aislamiento.

Tragué saliva. Yo nunca le he contado a Pablo nada de la niña perdida, de mi embarazo inicialmente gemelar. Lo haría. Otro día. Pero pronto.

Silencio

Nos habíamos acabado el guacamole con nachos.

Disfrutábamos de los tacos y las quesadillas. Aunque el restaurante había cambiado de dueños, el local era el de siempre y la comida seguía siendo buena. Volvimos a hablar de las fotos que habíamos visto, de aquellas que se habían quedado en la retina de nuestra memoria: imágenes en blanco y negro de personas de todas las edades, ricas y pobres, negras y blancas, elegantes y zarrapastrosas, tristes y alegres... y también de una mujer en constante busca de una imagen en que fijar la vida.

La sobremesa se alargaba: no quería pedir la cuenta ni que nos marcháramos. Aunque había estado cerca, no había logrado rasgar el velo que me separaba de Pablo. No sabía cómo hacerlo. Igual otro día...

Por suerte, mientras me iba dando cuenta de que necesitaba más tiempo y me preguntaba cómo acercarme a lo que tenía que abordar, Pablo dijo que Vivian Maier, por su carácter independiente y porque no vivía con su familia, sino en casa de otras familias, le había hecho pensar en nuestra inquilina.

Y, entonces, le hablé a mi hijo

(Un día, de vuelta a casa, abrí la puerta y escuché tu voz. Canturreabas una melodía que...)

del miedo que había sentido desde la llegada de Ástrid, de cuánto me había dolido ver a Troy en su habitación y de cómo había atravesado ese tiempo extraño y provechoso. Y supe que podía hablarle a Pablo no solo de su gemela, sino también de mi miedo a enfermar y no poder cuidarlo, de mi miedo a su miedo y a su dolor...

—¿Quieres que se vaya?

—No, para nada.

Justo antes de irnos, miré a mi hijo y, probablemente un poco por el sueño y otro poco por las dos Coronitas que me había tomado, estuve a punto de decirle: Sé quien tú quieras ser. No llegué a hacerlo, no en voz alta. No hizo falta.

Así, sin desmembrarme, me deshice de incómodas prótesis que me impedían ver y escuchar con claridad. El vestido de yeso que me cubría se resquebrajó.

Como era de esperar, mi relación con Pablo no cambió de una manera drástica después de aquella noche. Aun así, yo me había quedado más tranquila y creo que él también. Un primer paso que había imaginado arduo, doloroso, tenso, había resultado

fácil,

suave,

ligero,

reparador,

casi casi alegre.

Aquella noche, cuando en la casa se había hecho ya un silencio que me pareció que iba a durar hasta la mañana siguiente, me acerqué una vez más a la puerta del cristal emplomado. Apoyé la frente. Miré a través para no ver más que el aire teñido de verdemar y dejé que una calma de ese mismo color me invadiera. Sentí mi presencia, mi peso, mi cuerpo, mi cuello. El suelo me sostenía y no había ni rastro de aquellos vidrios punzantes que habían atenazado mi garganta y mi estómago y se habían clavado en mi aliento.

Escuché

recolocacolocacolocolocolocoloclolarecolocacolocacol

e imaginé que un perfume de bergamota y cítricos se mezclaba con el olor de mi casa.

mi firma

Todo puede reescribirse una y mil veces. La escritura no solo fija, no solo detiene algo cambiante. También produce cambios en eso que refleja o, mejor, que construye. No aprisiona al escapista ni se convierte en una nueva vía de escape, sino que le ofrece sutiles caminos de transformación del lugar que le atrapa.

Ya queda poco. El final de la escritura llegará cuando lo escrito esté impreso y las hojas que lo acogen metidas en un cajón. El último gesto será empujar el cajón hasta que toque el fondo. ______________. línea (deslizar) y tac (punto final).

Abrí la puerta y escuché cómo Pablo canturreaba un aria de Haendel que poco antes había sonado en la habitación de Ástrid, nuestra inquilina.

Una tarde, tiempo después, volví a teclear su nombre en el buscador de internet con la intención de mirar con más calma las imágenes de ella que había en la red. Ya no sabía muy bien para qué, simplemente cada tanto recordaba que las fotos me habían quedado pendientes la otra vez, cuando había buscado información acerca de la mujer que estaba cambiando a mi hijo. Una foto que había visto en su cuarto, la de las tres mujeres alegres, me llamó la atención. Hice clic sobre la imagen e inmediatamente ocupó toda la pantalla de mi ordenador. La miré bien. No era la misma fotografía; no solo porque esta era en color, sino porque en esta imagen no había tres mujeres, había una sola: las tres eran Ástrid en tres momentos diferentes de su vida. A la izquierda, la Ástrid madura que había venido a vivir a mi casa; en el centro, la misma mujer pero en su adolescencia, con la belleza límpida de los catorce o quince años, y a la derecha, ella misma en la plenitud de su juventud. Era un autorretrato.

Me quedé mirando la pantalla durante unos minutos. Me pareció que ese trabajo representaba la idea de que no somos una sola persona, sino la continuidad de quienes hemos ido siendo. Me pareció también que la autora del montaje no solo era capaz de mirarse, colocarse frente a sí misma y tratar de captarse, de aprehenderse, sino que se atrevía a tratar de capturar su esencia temporal, cambiante, finita, mediante un triple espejo. En cambio, cuando yo me miraba en el espejo la imagen que veía inevitablemente contrastaba con otra anterior, con una construcción de mi memoria. Espejo. Reflejo. Perseo consiguió cortarle la cabeza a Medusa sin mirarla directamente, pues quien la miraba quedaba convertido en piedra. Lo logró sirviéndose del escudo bruñido que le había regalado Atenea: un espejo en el que la enemiga se veía reflejada. Perseo era hijo de Zeus y de Dánae, una mortal que lo concibió mientras se encontraba cautiva porque su padre trataba de impedir que ocurriera lo que el oráculo le había anunciado: que moriría a manos de su nieto. El padre de Dánae encerró a su hija y a su nieto en un cofre y lo lanzó al mar. Madre e hijo sobrevivieron y se mantuvieron unidos hasta que un enamorado de Dánae, para alejar de ella a Perseo, le pidió que fuera a traerle la cabeza de Medusa. El inicio de las hazañas del semidiós coincide con su separación de su madre. Viejas historias. Son muchas en las que se advierte que los niños vienen a matar a sus predecesores. Cuánto miedo. Volví a mirar la imagen. Tres momentos del rostro de una mujer. Una tirada de tres cartas. El cambio, el tiempo. Elc am bi oe ltie mpo. Ninguno de los tres rostros me pareció más bello que los otros dos. Ni más vivo.

¿De dónde emana la escritura? Es de un color granate aterciopelado que vira a marrón. A veces es del color del setter de la familia de Marta cuando corría bajo el sol por los prados en los que acampábamos, leíamos historias antiguas e inventábamos otras nuevas. Otras veces es de un color menos brillante y más cercano al de la tierra y la sangre. Reconozco en mi escritura mi riqueza material, mi poder. La maternidad, en su núcleo orgánico, donde no está estrictamente atravesada por las palabras, debe ser de un color parecido: el del barro debajo de las uñas y la arcilla mojada del alfarero creador del mundo. Es el color del dolor, del verdadero, no del dolor sombra, no del miedo que va arrinconándose a medida que crece el texto que escribo. La sombra y el miedo se arrinconan en el silencio de callar, amordazar, sofocar la voz y con ella el aliento. Fui al médico. Todo bien.

Escribo. En mi escritura, phablo, phablo en mi cuerpo y en mi casa y en mi vida. En la suya, Pablo. Phablo con mis amigas de dolores fantasma: el del cuerpo y el de otra mujer ayudando a Pablo más que yo a trasladarse de mi vida a la de él. Así lo empecé a poder escribir: Ástrid estaba ayudando a mi hijo en una mudanza. Pablo se trasladaba de mi deseo al suyo propio. De mi hijo sociable, popular, extravertido y conversador a Pablo, quienquiera que fuera.

Hubiera querido ser yo quien le ayudara, sí, pero no había podido.

O sí.

A veces me ocurre: recibo un encargo de trabajo que despierta todo mi interés. En aquella ocasión me tocaba traducir un informe sobre la relación entre género y salud mental. Algunas de las frases que iba traduciendo avivaban mi curiosidad: las volvía a leer, buscaba los datos en los que se apoyaban, les daba vueltas… La traducción me iba a llevar más tiempo, pero no me importaba. Podía entretenerme. Leía: como sociedad, nuestro modo de representarnos el sufrimiento psíquico tiene que ver con formas de expresión tradicionalmente asociadas a las mujeres: llorar, callar, no poder hacer…, mientras que hay conductas más agresivas y más relacionadas en nuestra imaginación con los hombres que no asociamos al sufrimiento. Pensaba: ¿Qué hago yo cuando sufro? Pensaba: Escribir es mi modo de parar.

Llevaba sentada unas cuantas horas, traduciendo y pensando, cuando oí un sonido que reconocí inmediatamente a pesar del tiempo que hacía que no lo oía.

Tictictictictictictic

Me levanté y me dispuse a reunirme con mi hijo.

Tac.

Quiero dar las gracias a todas las personas a las que me une el amor por la lectura y la escritura: las que me han enseñado, aquellas a las que he tratado de enseñar algo y de las que tanto he acabado aprendiendo, las que me acompañan desde la amistad y el afecto, las que han leído este libro y lo han enriquecido. Ello incluye a mis libreras de cabecera, las almas de *Casa Usher*. Y a los editores de *Esto no es Berlín*.

- Llibre, Clotianla
- Onze contes de Richard Reich
- Parenaiditta
-

Maria y Anna dic com llibre
invitacion a un taller de escritura,
neix de la novella
Una pregunta abierta una
indagació que s'allarga.
Indagar se se acaba de ser madre
la maternidad

"llegamos
vacíones en hamacadores de
narración"
Estamos en proceso de hamacador

Portada:
Espai liminar, l'espai
lenguaje , ...

Color granate

imatge
pictòrica
de la dona

Responsabilitzar-se de la situación
sense el policial.

La invidia

Europa ...

Resumo de reparar
el ponet per avançar

errors en la escriptura, 112
metàfora de cor
La importància de la escriptura, que ell la aprendre quan escriu un tema i terapèutica
fil físic, fil de sentiment
gelor de mare
varietat de temps que estan gonyant espai literari temes dispersos com el gel o la desinvoltura.